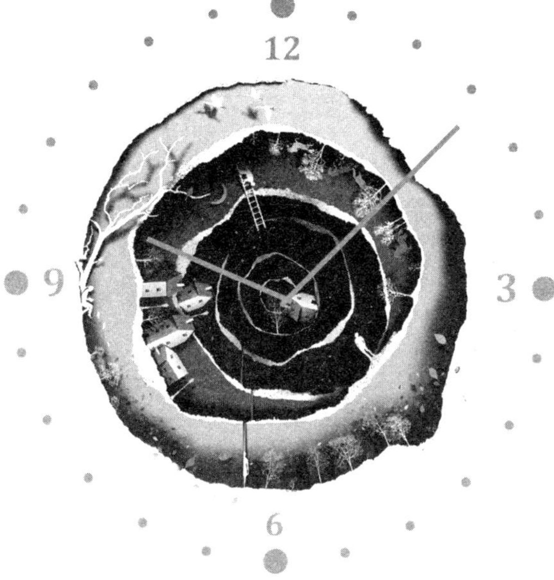

暂停时间的手表

高博洋 著

天津出版传媒集团
百花文艺出版社

图书在版编目（CIP）数据

暂停时间的手表 / 高博洋著 . -- 天津：百花文艺出版社，2016.4

ISBN 978-7-5306-6938-9

Ⅰ . ①暂… Ⅱ . ①高… Ⅲ . ①长篇小说 - 中国 - 当代 Ⅳ . ① I247.5

中国版本图书馆 CIP 数据核字（2016）第 018597 号

责任编辑：魏　青

出版人：李勃洋
出版发行：百花文艺出版社
地址：天津市和平区西康路 35 号　邮编：300051
电话传真：+86-22-23332651（发行部）
+86-22-23332656（总编部）
+86-22-23332478（邮购部）
主页：http://www.baihuawenyi.com
印刷：北京东海印刷有限公司
开本：880 × 1230 毫米　1/32
字数：160 千字
印张：8.5
版次：2016 年 4 月第 1 版
印次：2016 年 4 月第 1 次印刷
定价：29.80 元

序

试想北京这座世界特大型城市，突然有一天没有了一丝响动，如同一座异常拥挤的太平间突然断了电，没有制冷机的喘息，死一般沉寂。

人如同蜡像，保持着静止前最后一瞬间的姿势和表情。

只有呼啸而过的风以及被风吹得翩翩起舞的树叶或纸屑，才能打破沉寂，手舞足蹈地为这难得的清静鼓掌。

时间的连续性被中止，一切停留在了这一刻。

谁也不清楚这一幕到底为什么发生，这不科学。

可是，这一幕究竟是发生了，可能没人会相信，因为没有人足够幸运，以至于亲身经历这一切，除了一个叫伊布的人。

伊布骑着单车穿行在拥堵的高架路上，只有他和他的单车在动，也只有他和他的单车发出声响。大臂上的肌肉一鼓一鼓，小臂上的青筋时隐时现，导致他那褪了色的文身变得活灵活现。

高架路犹如一条机械传送带，带面上布满了大小相当颜色不同的零件，看不到头也看不到尾，就这么一直延伸下去。

伊布想，若给汽车尾气沾上颜色，它们一定会像凝固在空中的棉花糖，装点着本就狭小的路面。

伊布不确定自己是不是这座城市里的最后一个活人。

当伊布从五百米高的摩天大楼一头栽下去时，他以为自己没命了。

不过是一档网络真人秀，作为主持人的伊布用不着玩命，要怪就怪他患有严重的恐高症。

外景现场就设在顶层上的一座十米高的塔架上。当时，伊布感到天旋地转，肚子里仿佛有搅拌机作祟，先是冲直播镜头一阵狂呕，接着爆了粗口，虽然没指名道姓，其实骂的是他的同事郑峰。郑峰在半个小时前顶了伊布在演播室的位置，原本上高空外采的就不该是伊布。

就是这么一个临时性对调，导致伊布晕倒在全国乃至全球网友面前。

伊布下坠时，感觉像躺在一大团棉花里，舒服得都感知不到自己的存在了。时间仿佛消失，只见轮廓清晰的云团被紫外线染成了色彩夸张的卡通图案。

地心引力的强大召唤，令伊布闭上了眼睛，真不知从五百多米高空自由落体至地面要花多长时间。

答案是，一眨眼的工夫。

伊布在医院醒来，还以为到了天堂，只是简陋的病房和窗外的噪音不禁让他感到失望。

实际上，摩天大楼的楼顶正在搭建中国第一高“空中园林”，伊布被一棵人工培育的大树接住，然后落在了厚厚的草甸上。

不知过了多久，郑峰竟然拎着水果和鲜花走进了病房，还带来一盒包装满是英文的特效药，据说是用来缓解恐高症状的。

伊布将药盒朝郑峰砸了回去，跳下床就要上去揍他，可自己晕晕乎乎没站稳，直接扑倒在地板上。由于手背上扎着输液针，整个输液架都被他拽倒在地，仪器警报跟着叫了起来，却盖不住伊布的嚷嚷声，“猫哭耗子假慈悲！给我滚！”

明知道他伊布恐高，还让他上摩天大楼，这摆明就是在害他！伊布坚定地认为郑峰从中作梗，好借机挤走竞争对手。

事实上，郑峰的确做到了。此时，他摆出一副意外且无辜的表情，迟疑了不到两秒钟，就听了伊布的话，乖乖地滚了。

伊布还想再追，却发现自己根本爬不起来。他再次昏了过去。

在昏迷中，伊布做了个梦，自己化身为“街头霸王”里的“白人”，将郑峰撂倒在地，拳头如雨点一般密集地砸在郑峰身上。

估计是打得太狠了，把警车都招来了，警笛声震得耳膜生疼，伊布恨不得冲上去把警笛一块儿砸了……

警笛还在不遗余力地叫着，既倔强又敬业，伊布快疯了。后来他发现，那不是警笛，是手机。

伊布猛然睁开眼，已是第二天上午，手机正躺在地上哭号。

屏幕被摔碎了，来电显示看不到。伊布摁了接听键，听筒那边传来一阵嚷嚷声，伊布跟上了发条似的瞬间亢奋！

要不是这通电话，伊布根本不会想起今天还有如此重要的事！

电话那头是伊布的合伙人。此前他和另外一人怂恿伊布参与投资了一家快餐车餐饮公司，却由于经营不善，搭进去的钱都打了水漂。伊布不甘心，便孤注一掷，不但卖掉了父亲去世前留给他的房子，还不惜借债往里砸钱，设法逆转颓势，结果事与愿违。伊布不得不想尽一切办法找土豪、拉外援，宁可远水救近火，水只要能到，起码保证不被烧成灰烬。伊布的不辞辛劳为他们迎来了一家有注资意向的公司，这或许是唯一一根救命稻草。

伊布跌跌撞撞冲出医院大门，跳上一辆出租车。此刻不过九点半，伊布无论如何也必须在半个小时内赶到北四环参加谈判，否则，没有否则。

鉴于北京的路况，这简直是不可能完成的任务，可万一实现了呢？伊布侥幸地想，说不定上了东四环就一路畅通了。

没有万一。

车沿匝道一开上东四环，顿时就进了“停车场”。

十五分钟过去，车挪了不到三十米，司机面无表情，像是在用麻木抵御现实，广播里播着单田芳的评书，咿咿呀呀的，弄得伊布更加抓狂。

伊布想打个电话，却发现手机彻底没了反应。车窗外的路况没有一丝变化，司机索性熄了火。伊布准备下车去搭乘地铁 14 号线，不远处就是一年多前开通的朝阳公园站。可问题是伊布身上没钱，付不了出租车费，也实在没工夫再跟司机师傅解释，最简便的办法就是直接推门，撒腿就跑，司机通常不太会为了追人而撂下车不管，顶多在后头骂上几句。

想到这里，伊布瞥了一眼司机，发现司机也在瞥他，目光碰撞的那一刻伊布心里咯噔一下，莫非司机已经看出了他的小心思？伊布这才意识到自己的右手已经下意识地扣动了门把手，再往开拉一点，门就开了，所有这一切都逃不过司机的眼睛。伊布定了定神，装作若无其事的样子，同时将手收了回来，转而向司机打岔道，您有烟吗？来一根。

司机回答，我不抽烟。

伊布无奈，只好直勾勾地盯着前方陆续熄火的车辆，心怦怦直跳。突然，一根烟横插进他的视野，他扭脸一瞧，司机笑眯眯地说，逗你呢，拿着吧。

伊布接过烟，趁着司机低头在裤兜里摸打火机的工夫，一把扣开车锁，撞门而出！

伊布用近乎百米冲刺的速度在“停车场”内狂奔，意外的是司机竟然在他身后三五米穷追不舍，边跑边喊，回来！给钱！

伊布脚下的人字拖跑起来碍事，却丝毫不影响他玩命狂奔，即便紧张得心痒痒，血液就快冲破头顶，可还是感觉脚下生风！

这一幕真就发生在了东四环主路上，一位四十多岁的光头司机，不顾一切地追一名三十多岁戴着颈托的光头伤号，光头追光头，一路引来众人饥渴的手机摄像头，为这死气沉沉的“停车场”增添了一分活气。

司机的耐力令伊布佩服，追出去了估计有一公里多。伊布终于明白，被追的人消耗往往最大，可当他侥幸以为年长的司机跑不动了的时候，回头一看，总能见到那个脑门儿锃亮的光头，半拉舌头伸出来，像鬼一样丝毫不放过他。伊布心说这大哥年轻时不会是体工队练长跑的吧，偏偏借这机会拉体能。

这该死的“停车场”，交通管制也不至于一动不动啊！要不是车全熄了火，司机也不至于跑这么远追他。伊布真想跟师傅嚷嚷一句，为那么小几十块钱，至于吗？

可他已经没了说话的力气。

不知跑了多久，伊布腿迈不动了，不得不改为竞走，人字拖也跑丢了，眼前一阵阵发黑，仿佛再多走几步，会随时瘫倒在地。

总算跑到地铁站跟前，司机终于没再跟上来。伊布突然意识到，自己一分钱没有，逃得了出租可压根进不了地铁。

伊布像乞丐一样恳求路人借钱，竟没一个人搭理他。耳畔传来了不知是二胡还是三弦的乐声，他转脸一瞧，路旁坐着一个卖艺的瞎子，面前搁一铁罐。伊布情急之下顾不得那么多了，趁瞎子拉得全情投入，凑上前轻俯下身，将两个指头伸进铁罐，刚刚夹住几张纸票，还没来得及抽手，乐声戛然而止，瞎子突然睁眼。伊布吓得转身就跑，一口气冲入了地铁站，直到跳上一辆即将关门的车以后，才意识到那卖艺人不是瞎子，回想起他的眼神，背后还是一阵发凉。

等伊布赶到公司时，惊讶地看见办公室差不多被搬空了，会议室里，空荡荡的桌子上只留下了几杯几乎没动过的茶，连椅子都没了。

伊布一屁股坐在地上，脚底板磨破了也像是没有了知觉。

天色暗下来的时候，伊布一阵恍惚，也许这一整天发生的事不过是场梦，梦在继续，他没有醒过来。那些高楼大厦的灯星星点点，眯着眼睛看，楼体跟深色的夜空融为一体，灯光像银河繁星，只是不够凌乱，也不够密集。

伊布忘了自己是怎么回家的，反正不是乘出租或坐地铁。

到了家楼下，抬头就能看见屋里的暖光，伊布迟迟不愿上去，即便女友早已做好了饭等他。女友叫黎黎，全名黎楠，俩字的谐音“罹难”听起来不太吉利，不过爹妈给起的名估计有他们的考虑。黎黎是伊布准备共度一生的女人，类似的肉麻话他心里琢磨过好多遍，私下计划年底出游时找个海滩放个焰火跟她求婚的，可眼下，自己这个样子，伊布不知该怎么跟她交代。

伊布想多了，其实没有交代的必要了。

门开之后，黎黎淡淡地说了句，“回来了”，甚至没正眼瞧他。

伊布赫然发现，屋里整洁得压根不像自己家，半开放的鞋柜空了一大半，两大箱行李已经收好，“咔嗒”两声，黎黎干净利落地扣上了箱锁。

伊布诧异道，这是干吗？

黎黎没有吱声，只顾着穿上外套，完后才转过身来看了伊布一眼，颇有意味地说，哟，你怎么……

伊布正要开口，黎黎却抢先说道，不说了，那什么，我们分手吧。

一瞬间，伊布仿佛进入了恶俗电视剧桥段，明明听清了她的话，可还是学着电视里演的，问了句“为什么”。

黎黎摇了摇头，说，不为什么。

说着，她俯身换上了高跟鞋。

伊布甚至在考虑要不然再学学恶俗电视剧里男主人公的做法，上去直接抱住她，可黎黎已经拖着俩箱子出了门。

就在电梯门关闭的一刹那，伊布伸手把住了电梯门。

黎黎不耐烦道，你要干吗？

伊布深吸一口气，说，我知道，一个人要走，无论如何也是留不住的，可我就想问一句，是不是因为我公司垮了，还不起债，又丢了工作，所以你才要离开我？

黎黎苦笑着反问道，你说的这些是真的吗？我还不知道呢。

伊布提高声调问道，那到底是为什么？

黎黎低下头沉默了片刻，接着抬起头说，我比你大一岁，今年三十三了，本想着你会在上星期咱俩一周年纪念日向我求婚，可我甚至都见不到你人，你其实也忘得一干二净了吧。说实话，我跟你在一块儿就是奔着结婚去的，可后来发现，很多东西你都给不了我，咱俩的步点也不在同一个节奏上，这种状态一直停滞不前，不如就分了，都别再耽误时间。

说罢，黎黎再次摁了关门钮，没再看伊布一眼。

伊布松了手，任电梯门慢慢闭合，黎黎那熟悉又耐看的脸庞一点点被两大块钢板遮住。

电梯运行的噪音似乎比以往大不少，这一刻，伊布甚至有点担心别出什么电梯事故，那样的话，黎楠可就真罹难了……伊布赶紧拍拍脑门儿，在心里骂自己不该出现这么不吉利的念头。

回到卧室，伊布倒在床上陷入了昏迷一般的睡眠中，夜里却被饿醒，冰箱里什么都没有。

披上外套出门，不过凌晨四点，街角的那家24小时便利店竟然莫名其妙黑着灯。

伊布决定走到两条街外的国际俱乐部金湖茶餐厅去，以往无论任何时候去，都可以饱餐一顿。

一路上寒风吹着，伊布光秃秃的脑袋暴露在外面，忽然觉得自己是得买顶帽子了。三十出头就秃了大半个脑袋，索性全剃了，以光头形象示人，这让他缺失了以往那种自上而下的安全感。

独自在夜色里行走，四下无人，这时候要打劫伊布很容易，拿刀往他脖子上一架，伊布准递钱包过去。当然，至少给他留够五十块钱吃饭，要是这都不答应，伊布可不干。可一旦反抗，刀尖弄不好戳进大动脉，估计天亮之后，清洁工会发现一具僵硬的尸体孤独地卧在人行道旁。

想到这里，伊布终于觉察到一丝伤感。

好在安全走到了餐厅，吃上了热乎的饭菜，一种久违的惬意感将他暂时保护起来，莫大的满足后随之而来的是一种惶恐，伊布甚至想象不到吃完饭以后自己该干吗。

天色渐渐变淡，伊布坐在大玻璃窗旁，见证了整个过程，那天犹如一块染了深蓝色的幕布，透着一丝光点，还被不断漂白，直至光亮透过幕布让四周的一切都清晰起来。

电视上的早间新闻吸引了伊布的注意。新闻报道称，21 日，也就是昨天上午，北四环发生了八车连环追尾的重大交通事故，导致环路四条主车道受到事故影响而陷入瘫痪，造成了东四环南向北方向将近一个多小时的严重拥堵。事故总共造成十一人受伤，四人死亡，其中包括北京知名房地产商令狐正夫妇……

令狐正这个名字，伊布总觉得跟自己有关，可一时又想不起来。他强行启动大脑检索一番，突然意识到，令狐正不就是自己前妻的现任老公嘛。

伊布怔住了！

谈不上悲伤，因为伊布的反应没那么快。前妻叫周然，身边的人都叫她然然，和伊布一起在小臂上文过一个哆啦 A 梦的刺青，除此之外，伊布记忆里与她有关的一切都很模糊。然然不过是伊布当年混乱期里的一个幸运儿，或者说倒霉蛋，伊布在那么多姑娘身体里都没播上种，偏偏是她，一而再再而三的中签，用然然自己的话说，次次都这么准，真该去买彩票。彩票倒真买了一阵子，全打了水漂，看来求财和求子是两回事，要不然菩萨们也不会各自分管一摊。由于前三次都打掉了，中第四次的时候，伊布实在不忍心然然再受那份罪，一咬牙一跺脚干脆跟她领了结婚证，孩子生了下来，是个儿子，起名叫伊一然。这名有什么涵义，伊布现在都记不得了，大概是表示伊布跟周然合二为一，从一而终。在那之后，伊布和周然发现他俩根本没法合二为一，种种矛盾与误会交织在一起，让他们在怨恨中一分为二，很快婚姻就名存实亡，在儿子三岁那年正式告吹，让从一而终成为一个幼稚、破碎的梦。八年过去，两人没有任何联系，仿佛世界上完全没有了另一个人。其实这样也好。直到这个清晨，这则新闻让周然重新出现在伊布的意识之中，但她永远无法再次出现在伊布的生活中了。

八年前民政局门口，然然一句“这辈子死也不想再见你”的话，一语成谶。一别，竟成永诀。

唏嘘之余，伊布想到了孩子，记忆的闸门瞬间被开启，自己还有一个儿子，现在差不多十一岁了吧。

伊布开始担心起这个儿子来，新闻只说令狐正夫妇，没说令狐正全家，儿子应该还活着，那么，他受没受伤？人在哪里？有无人照顾?

很快，伊布就制止了自己不断冒出的想法，质问自己道，这些跟你丫又有什么关系？即使有关系你丫又能怎么样?

自己都泥菩萨过河，哪管得了那么多……伊布克制住自己的念头，立即打车回家，进门就从床头柜摸出一把安眠药塞进嘴里，蒙起被子等待困意将他掠走。可挣扎了半天，不但毫无困意，还心跳加速，紧接着肚子就开始剧痛，痛到忍无可忍，不得不拨了 120。

救护车拉伊布去了医院，大夫一检查，根本不是安眠药过量，而是急性肠胃炎，估计是半夜吃猛了，用不着洗胃，便打发伊布去输液了。

输液室竟然满座，伊布只好拎着吊架坐在楼道里。正好几位市领导在记者的簇拥下从面前走过，伊布这才听说，昨天车祸的伤者第一时间都被送到了这家医院。伊布不由得想到了儿子。

伊布以最快的速度输完液，在医院上下打听一番，得知儿子的确也在事发那辆车上，不过只是一点轻伤，正留院观察呢。伊布松了口气，犹豫再三，还是决定去儿子的病房看一眼，谁知却根本挤不到跟前去，楼道里全是市领导和记者。伊布想凑到门口看一眼，却被保安拦住，伊布理直气壮地说，我是家属!

保安反问道，谁的家属?

伊布一愣，欲言又止，泄气转身离开了。

想起八年前跟周然离婚时的对话，伊布当时问周然，儿子长大后问起他妈，为什么自己没父亲，该怎么回答。周然很干脆地说，我会给他再找一个父亲的。

让伊布悲伤的是，儿子瞬间失去了父母，比这更悲伤的是，伊布作为生父本该去做点什么，可却不知该怎样面对。

又过了一天，伊布从微博新闻上看到了市领导慰问车祸伤者的图片，其中一个十一岁的孩子让伊布感到一见如故。

这时，发小虎飞指着图片上的孩子说，这令狐正的儿子可不得了，一下就从他爹那儿继承了一大笔遗产。

伊布怔住了。

伊布债台高筑，躲债都躲出了心理阴影，出门会注意是否有人跟踪，进封闭空间会担心有人藏于暗处，夜里睡觉但凡听到一点动静，也会疑神疑鬼，就连陌生号码打进来，捧着手机都会心悸不已。

伊布去雍和宫拜了又拜，求保佑求庇护求解救之道。伊布相信心诚则灵，虽然他姥姥是基督徒，从小习惯了把上帝保佑和以马内利挂在嘴边，但是他坚持认为，不论拜谁，只要虔诚，不管哪个神都会看到的。

亲生儿子继承了他继父令狐正的遗产，这件事在伊布看来，正是神明显灵，让他受宠若惊。

伊布上网咨询了一下，明确了一个原则，未成年人所继承的财产，一般是由继承人的法定代理人代为管理。那么，伊布只要以亲生父亲的名义，重新争取回对儿子的抚养权，自然可以对尚未成年的儿子所继承的遗产进行代管，相当于扮演未成年人所继承遗产的管理人。

虎飞却搬出了一段法律条文给伊布看：

> 《继承法》第6条规定，无行为能力人的继承权、受遗赠权，由他的法定代理人代为行使。最高人民法院在《关于贯彻执行〈中华人民共和国继承法〉若干问题的意见》第8条中进一步明确规定："法定代理人代理被代理人行使继承权、受遗赠权，不得损害被代理人的利益。法定代理人一般不能代理被代理人放弃继承权、受遗赠权。明显损害被代理人利益的，应认定其代理行为无效。

伊布眉头一皱，用不以为然的口气对虎飞说，我是他亲爹！亲爹花儿子继承来的钱，有什么不对？再说，我用钱是为了还债，跟遗产相比，简直九牛一毛，相当于从一大口锅里舀一小勺粥出来，搁在秤上连刻度都看不出变化，怎么叫损害他的利益？！

虎飞撇撇嘴道，你儿子认不认你还是一回事呢，就算认了你，也不一定答应。

伊布被戳中了麻筋儿，一本正经地反驳道，他有什么理由不认我？我是他亲爹！就算得经他同意，凭咱这张嘴，搞定一孩子还不容易？

虎飞说，什么事到你嘴里都不算事，行，那我看你怎么搞定他。

伊布一把勒住了虎飞的脖子，说，有你虎飞哥在，还用我出面吗？！

虎飞盘子大、路子野，在伊布眼里就是一包打听，两人关系好到连 iPhone 手机的 Apple ID 都共用同一套注册邮箱和密码，彼此间连隐私都不存在，名副其实的发小，进幼儿园第一天就认识了，而且还是在男女共用的大厕所里，当时，虎飞的手纸被一个上大班的胖姑娘抢走了，虎飞气不过，就来抢伊布的纸，伊布的手纸被抢走后，没再去祸害别人，而是淡定地拉完屎，不擦屁股，提上裤子走人。独自回到小班教室，面对一排挂得整整齐齐的手绢，伊布小小年纪就清楚地记住了虎飞的号码——007，跟詹姆斯·邦德同号。伊布伸着小手将虎飞专门用来擦嘴的手绢摘了下来……

当天下午活动课后，小朋友排排坐，喝水水，喝完水水擦嘴嘴，突然从一个角落里传来一阵哭声，那副绣有 007 号字样的手绢上似乎沾上了巧克力，可味道相去甚远，只有 007 号小朋友尝到了。

这个结果让伊布觉得没有想象中那么有趣，虽然这是他人生唯一一次用手绢擦屁股。

两人就这么开启了荣辱与共的发小生涯，同上一个小学，一个初中，一个高中，甚至是同一个大学，接着一起被开除，各自混迹在社会上，如今依然像幼儿园一样，恨不得拉屎都黏在一起。虎飞吃过伊布的屎，也成了伊布的谈资，但凡是酒局，伊布准会借着酒劲跟在座其他人声情并茂地描述一番当时的情景，如同在炫耀一件光荣的经历，虎飞为此还打过伊布一巴掌，不过当时伊布已经进入喝断片儿的状态，根本不记得了。

伊布唯一对虎飞不满的就是这家伙习惯跟他借钱，还总装作记不得了，一脸无辜，死不认账，弄得伊布也懒得跟虎飞计较，反正下决心不再借钱给他了。

伊布猜得出，大多数钱都被虎飞拿去挥霍了，要么赌牌，要么赌球，虎飞还喜欢充大头，广交友，这跟他总换工作有关，作为无固定职业者，市面上什么赚钱他干什么，倒卖过电脑和红酒，帮人推销过眼镜和墓地，开过网店卖美甲产品，还跟着几个年轻人一起张罗 cosplay（真人模仿秀）的活动，在网上组织模特海选，还能从中抽成，赚钱的营生都不差，到头来却都被他赌光了。

由于他开过炸鸡店兼送外卖，跟派出所的几个小片警关系还搞得不错，一起吃过两次炸鸡，可到他嘴里就成了跟市局领导把酒言欢谈笑风生，还搭上了一批公检法的关系。伊布从不拆穿他，内心倒希望虎飞真像他说的那样吃得开。

虎飞夸口帮伊布打听他儿子的情况，还真办成了。

伊布在虎飞的带领下来到东城区一条老胡同里，胡同口竟然还能遇见一个磨剪刀的匠人，似乎跟几十年前一样，唯独没有了老北京的叫卖声。

沿着胡同往深处走，除了几座门脸房被改建成咖啡吧，充斥伪文艺气息，其余几乎没变。路旁停着几辆脏兮兮的三蹦子，像是稀有文物，不过一两年的工夫，全北京已经很少能看见这些并不破旧的老式代步工具了。

两人来到学校操场前，隔着铁栅栏能清楚地看见一个班正在上体育课。伊布望着一个个生龙活虎的男生，问虎飞，哪个？

虎飞像是在用双眼检索，没多久，抬手指向一个落单的孩子对伊布说，就是他，周一然。

伊布顺着虎飞手指的方向望去，诧异道，怎么姓周？

虎飞说，随他妈姓呗。

伊布说，我还以为叫令狐什么呢。

伊布瞪大眼睛却依旧看不清那孩子的脸，只见他个头不高，一个人站在队外。

伊布接着说，瞧瞧，站得多直啊，一动不动，哎，他是文体委员吧。

虎飞默默地说，那是罚站。

放学以后，学生们陆续从铁门里走出，竟跟伊布他们小时候十分不同，八九十年代学生放学几乎全是迈着整齐的步伐唱着欢快的歌曲从校园里走出，有点国旗班战士从天安门出来款款走上长安街的意思，只是学生队伍一旦跨出校门，当即自行解散，前一秒还歌声响亮瞬间就凌乱哄散，随之湮没在街巷的喧嚣之中。

伊布和虎飞站在一群家长中等了好久，始终没见周一然出来。直到校门口消停了下来，伊布一脸焦躁地说道，不会真让老师留下了吧？

就在伊布不耐烦时，竟然看到一个美女从校门里走了出来。斜阳勾勒出她一侧的轮廓，发色光泽犹如镀金，极具质感，微风下，垂肩长发显出一丝凌乱，很快又被她纤细的手捋顺，整个人看起来并不乍眼，却散发着一种与众不同的气息，“知书达理”四个字形容她都流于普通，该属于素雅里透着平和，知性里透着干练，如柠檬薄荷茶一般令人愿意亲近。

伊布被她吸引，无视周边的一切。

虎飞用胳膊肘撞了伊布一下，伊布才将注意力转移到了她身后的人。从外形上看，的确是之前在操场上被罚站的男生，距离近了才发现，原来顶着一头自来卷，眼睛不大，眉毛却挺浓，鼻子和嘴跟记忆里的周然挺像，都感觉令人揣摩不透，手腕上不过是戴着新款 iwatch，浑身上下没什么特别的，可一看就不像普通人家的孩子。

伊布赶紧摆出了不自然的笑容，可对方一脸漠然，眼神根本就没往自己这边看。

虎飞先迎了上去，跟美女打招呼，伊布没想到虎飞跟她还认识，然后，美女便朝伊布走来。伊布面对这样一位忍不住多看几眼的美女，以及站在几米之外那个熟悉又陌生的儿子，内心复杂得难以用语言来形容。

美女落落大方，率先伸出手，说，你好，我是周一然的班主任，林好。

伊布伸出手握了握，还没来得及开口，林好就继续问道，您就是周一然的父亲?

伊布点了点头，强调道，要看身份证吗?

林好没有露出一丝犹疑，说，虎先生提前来跟我打过招呼，我也跟有关部门核实过了。

接着，林好将周一然从身后让到了前面，像是在给周一然介绍一个大朋友认识，说，一一，这位就是老师之前跟你讲过的，你的亲生父亲，来，跟爸爸打个招呼。

伊布反倒害羞起来，僵硬地摆了摆手，说，小名还叫一一?当年我就这么叫他的。呃，你好……

周一然望着伊布，没有回应。

林好摸了摸一一的头，轻声催促道，一一，怎么不说话呀，爸爸跟你打招呼呢。

一一沉默了片刻，开口道，我不认识他。

伊布似乎并不意外，立即堆起笑，说，不认识不要紧，一回生二回熟嘛。

说着，伊布把事先准备好的一盒包装精美的进口巧克力当作见面礼呈于一一面前，并说，一点小意思。

谁知一一大声回应道，想害我吗？

伊布不解道，啊，什么意思？

林好老师忙解释道，一一有过敏性哮喘，不能吃巧克力。

伊布从没想过还有人会因为巧克力而引发哮喘，这下可尴尬了，原本为见面准备了一肚子话，现在竟忘得一干二净。

虎飞见不得冷场，帮腔道，好了，巧克力就拿给同学们分了吧，咱不站这儿挡路了，一块儿去吃饭吧，坐下边吃边聊。

可周一然紧紧攥着林好的手显得无动于衷。

林好耐心劝说道，走吧，一一，我们一起去跟爸爸吃饭。

伊布堆着笑问道，想吃什么呀？

一一迟疑片刻，竟然冒出一段长句，令伊布、虎飞、林好三人都十分惊讶。一一说，他不是我爸，我爸是令狐正，他死了。

说罢，周一然放开林好的手，转身就走了，林好叫了他几声也没见回头，只好安慰伊布道，你别急，孩子嘛，给他点时间。说着就去追一一了。

伊布愣在原地，完全没心思看林好那曼妙动人的背影，只是目送着儿子，一直到看不见为止。

虎飞问伊布道，怎么不追呀？

伊布回过神，反问道，怎么不早说？

虎飞揽住伊布的肩，拍拍他说，得了吧！追了你就输了，这跟追姑娘一个道理，不能硬来。人美女老师都说了，给孩子点时间，孩子嘛，有第一次，就有第二次，是亲生的，就跑不了。

当晚，虎飞拉着伊布去了自己家，神神秘秘地说是想起了什么东西，非要给伊布看。

虎飞家在二环边上一个挺高档的单身公寓。屋里陈设简单，但布局讲究，客厅外伸出去一个狭长的阳台，有点像法国市区的老派建筑，不用太布置，都充满文艺气息，不过虎飞没什么文艺细胞，也懒得收拾。这套房子是虎飞爸妈买给他结婚用的，老两口住在深圳，据说是因为呼吸道疾病，手术后不适应北方的干燥和始终无法缓解的雾霾，才在南边落脚，聊度晚年。虎飞跟爸妈来往极少，只有逢年过节，虎飞打飞的南下，才可能见着面，平日里虎飞独自过着伪单身贵族的生活，实际上，他早把房子抵押出去了。

衣帽间成了虎飞堆放杂物的仓库，其中还存放着伊布的一小箱“破烂”，是他多年前“寄存”在这里的，伊布后来曾让虎飞处理掉，可虎飞没有，只是因为一个字，懒。

重新看到那个箱子，伊布很意外，抱怨道，留着它干吗？

虎飞把箱子推到伊布面前要打开，伊布把脸扭到一边。他抵触陈年旧物，最好是连不必要的记忆都抹去，每天醒来都干干净净开始新的生活，轻装简行。当然，这只是他的一个想象。

箱子里主要是伊布和前妻以及儿子的照片，一对情侣款茶杯，智能闹钟，香水瓶，发卡，婴儿奶瓶，玩具球，移动硬盘……连虎飞都觉得它们像文物，不停地冲伊布说，看看嘛，看看又不会掉块肉。

伊布忍不住接过了虎飞递来的照片，估计在儿子刚出生的产房里，伊布抱着儿子。伊布没敢仔细看，随手将照片放到了一边，满不在乎地说，我去沙发上睡了。

夜里，虎飞起来去洗手间撒尿时发现衣帽间的灯竟然还亮着，门虚掩，透过缝隙可以看到，伊布独自坐在箱子前，正专注地翻看照片呢。

虎飞没想打扰他，却听屋里传来了伊布的声音，说，进来吧。

虎飞推门进去，说，你后脑勺还长眼睛呢。

伊布答道，隔两米远就能闻见你身上那股贱味儿。

去你大爷，你说你贱不贱，照片捧你眼前还不屑，背地里却躲在这儿怀旧，你说你贱不贱？

伊布点头说，认了。

伊布挑出好几张当年抱儿子的合影，准备到时候拿给一一看看，虽然一一不会记得三岁以前的事，但照片能说明一切。

每当伊布拣出一张照片，都会低声描述出当时大概的情境，虎飞一言不发，任由伊布沉浸在对于过去的缅怀之中。虎飞不太相信伊布对每张照片的背景都记得清清楚楚，或许多少有他临场发挥的成分，不过就那分虔诚劲儿，也是虎飞从来没见到过的。

伊布用 iPhone 将照片拍下来存到手机里，虎飞则说，你拍这些到时候都从我“照片流”里蹦出来，占内存！

伊布白了虎飞一眼，说，谁让你不换个新 ID！

一一独自坐在操场的双杠上发呆，那副表情任何人都琢磨不透。

这时，三五个同学陆续爬上单杠，其中一个同学指着学校外的栅栏对一一说，发什么呆呢，没看见吗？秃子又来了。

一一回头，果然看到了栏杆外的伊布，虽然相隔挺远，光秃秃的脑袋却很有辨识度。

一一不耐烦道，关我屁事。

另一同学笑着问道，他到底是不是你爸？

一一正色道，你听谁说的？当然不是了。

同学追问道，那他是谁呀？

我哪儿知道！说着，一一跳下了单杠。

另一同学不依不饶道，他跟你长那么像，肯定是你爸，别不承认了。

一一充耳不闻，低头离开。

估计连他妈也不知道跟谁生了他吧。接着，哄笑声四起。

一一突然转身回到了单杠前，他听出是谁说的了，于是质问道，你刚说什么？

说那话的同学坐在单杠上不以为然道，还要我再重复一遍吗？赶紧走吧你，秃子都来接你放学了。

又是一阵哄笑。

一一什么也没说，一把抱住同学的双脚，用尽全力往下猛地一拽，对方从单杠上摔了下来，迎面栽倒在地。

哄笑声骤停。

这是伊布一星期内第四次来校门口找一一了。一一不搭理他，伊布只能厚着脸皮坚持来等。

一直等到校门口都没人了，还没见一一出来。校保安打量着伊布，质问道，哎，你是学生家长吗？

伊布反问道，里面还有学生吗？

实际上，一一是从后门离开的，独自走在那条僻静的胡同里。

途中，经过了一间老四合院，门口挂着文物保护单位的牌子，门前石阶两旁除了石狮子外，还有一对拴马桩，保留如此完整，实属稀有。四合院的两扇大红门开着，一一向里瞅了瞅，他一直都想知道那些保留完整的大四合院在挂上历史文物的牌子之后，里面究竟变成了什么样。

就在这时，大红门背后冒出两个人，其中一个正是被他从单杠上拽下来的秦大军，鼻孔里塞着卫生纸，肯定是摔出鼻血了，同时，石狮子背后钻出另外两个同学，表情都恶狠狠的，一齐拦住了一一的去路。

一一紧张得一言不发，双手紧攥书包背带。

秦大军阴笑着说，哟，这么巧。

一一没说话。

另一个同学跟腔道，瞧给你吓的！

一一刻意保持着平静，只是说，你们四个对我一个，公平吗？

话音刚落，后脑勺就挨了重重一巴掌，那力道将他带倒在地，呈狗吃屎状。

一一惊恐地回头，只见一个大他一圈的高年级男生双手叉腰站在身后，仿佛打他一巴掌根本不费吹灰之力。秦大军在一旁恶狠狠地附和道，打得好！

高年级男生指着地上的一一说，想单挑是吧，来！

一一抹了把鼻血，一字一句地说，以大欺小，公平吗？

高年级男生上去又猛踹了一一好几脚，然后笑着说，还来劲！敢跟我要公平？

接着，捡起一块砖头塞给秦大军，说，让丫给你道歉，不道歉，你就给丫公平！

秦大军冲一一说，快道歉！道了歉，这事就算完。

一一看都不看秦大军一眼，一脸倔强地说，想得美，该你道歉才对！

秦大军气得咬牙切齿，却又不敢下手。高年级男生在一旁怂恿道，瞧丫这嘴！拍丫的！

秦大军举起板砖，却还是下不去手，高年级男生在一旁继续嚷嚷道，愣着干吗？！

秦大军于是把板砖举过头顶，比刚才举得还高，可仅限于保持这个姿势，高年级男生不耐烦道，你丫怂了吧！ 说着，抢过板砖，正要挥下手去，只听身后一人吼道，住手！

众人回头，只见一光头朝这边冲了过来，包括高年级男生在内，五个人作鸟兽散。

伊布大步追上去，一巴掌先给高年级男生呼倒在地，然后去追其他人，像是一个杀红眼的疯子……

四个学生边跑边喊救命，直至招来了保安。两个保安如临大敌，一左一右死死扣住伊布的两条胳膊。伊布试图挣扎，并指着一一高声说，那是我儿子，被同学欺负了，你们管不管！？

保安不知该怎么回答，便问一一道，他是你爸不是？

一一可怜巴巴地站在原地，迟疑了几秒钟后低下了头，红着眼圈回答了两个字——不是。

伊布瞬间没有了澄清的欲望，胸腔里说不上是什么东西在膨胀，或许是憋屈，有种想打人的冲动。两个保安不合时宜的反应让伊布将冲动变成了现实……

等警察闻讯赶到时，伊布已经被两个保安摁倒在地上，扬起的尘土遮蔽了伊布那充血的双目。

伊布第一次为儿子进了局子。

派出所就在附近一条岔出去的胡同口，二层小楼挺精致，窗前竟然都摆着盆栽和鲜花，门廊是中式灰瓦建筑，丝毫没有破坏古旧的景观和谐，几辆警车相互紧贴着斜靠在门前，不像个出警业务繁忙的派出所。

后来，林好还有虎飞及时赶到，让校保卫科出面跟派出所斡旋，这才解除了误会。

第二天一早，伊布被放了出来。

虎飞给他买来了煎饼果子和豆浆，伊布嘴里却重复道，完了，完了。

虎飞不解地问，吃完了?

伊布一副惘然若失的神情，说了句挺文绉绉的话——我简直没了做父亲的尊严。

伊布打发走虎飞，脑海里循环播放着一一口中“不是”那两个字，伊布想知道他是拒绝接受自己，还是拒绝相信事实，还是口是心非……

这让伊布不由得想起了一个人。

伊布打小成长的大院在北京城的大西边，大院外没多远就是一片麦地，天气不太好的时候也能看见香山。大院后头有个不大的自行车棚，看车棚的老头四十多岁，不是本地人，参加过对越自卫反击战，不过压根儿没上过前线，据说不过是给炊事员打下手的勤杂工，谁也不知道他为什么会在大院里看车棚，见着他时他永远一身军装。

小学三年级时，伊布、虎飞所在的班里新来了一个名叫夏朗的插班生，带外地口音，起初，这孩子有点怯场，可很快就跟伊布、虎飞他们混熟了。他人很乖巧，成绩虽然不太跟得上，但体育是他的强项，春季运动会上，夏朗为班级争到了好几项荣誉，夏朗被选进了田径队，跟伊布也开始变得无话不说，却唯独不讲自己的家庭。每次放学，跟伊布、虎飞同行一小段路以后，就会在大院门口分别，夏朗沿着大院门口那条路继续朝前走，伊布问起他住在哪个院子时，夏朗都笑着说，有点远，还在前头呢。然后，匆匆告别。

几乎就是那段时间，伊布听大点的孩子说，院里来了一个又疯又傻的女人，看不出年龄，估计也就三十多岁，脸上有道很长的疤，一直连到耳朵。她跟老头一块住在车棚里，时而帮人给车胎打气，时而背着一个只有在乡下才能见到的箩筐，去大院外的菜市场捡菜叶子，有时还会去稍远点的麦地里捡些秸秆和杂草回来当柴火。说她傻是因为有次一个师长的儿子驾驶一辆军用摩托在院内疾行，这疯傻女人不知从哪儿冒了出来，突然跳到路中央好奇地盯着摩托车，师长儿子赶紧刹车带转向，差一点就撞上她，可这女人不但不惊慌，还站在那儿咧嘴笑，无论师长儿子怎么骂她，只是傻乎乎地如捣蒜般点头不停；还有说她是疯子的，但凡下雨天，她就会光着脚在外头淋雨，淋到满身湿透了还不亦乐乎，甚至会做出翩翩起舞的动作，每次都是老头把她拽回车棚大骂一顿，接着就是哭哭啼啼，嘴里发出奇怪的声音，像是在咿咿呀呀地说话，只不过完全听不懂。时间长了，院子里一些调皮的纨绔子弟会故意捉弄她，朝她扔石头，吐口水，或者拿塑料袋装满水挂在树上，她一旦经过，水就会浇下来，可她也从来不生气。

直到有一天，伊布听说，插班生夏朗就住在大院的车棚里，老头是他爸，那又疯又傻的女人就是他妈！

曾有一次夏朗随田径队到校外训练时摔了一跤，两个膝盖都擦伤了，恰好疯傻女人从那里经过，瞧见后便第一时间冲了过去，咿咿呀呀一副心疼的样子，虽然还是被夏朗赶走了，可看到的人都觉得，只有当妈的才会那么反应。

伊布不相信这是真的，他无法将夏朗和另外两个人联系到一起。

后来，这件事传开了，夏朗在不知不觉中开始承受旁人异样的目光，各种谣传添油加醋甚嚣尘上。

伊布为了探明真相，放学后特地去车棚看个究竟。车棚里的一角垒上一层砖当墙，就是一间屋子，估计不到七八平米，一张双人床，一张瘸腿的破桌，下面垫着砖头，一个锅灶，算是全部家当了，唯独吊着一顶小灯泡却挺亮堂，屋里散发出一股霉味，找不到一丝夏朗的痕迹。伊布似乎听到身后有动静，一转身，只见一双被充血染得通红的眼睛瞪着他，那道疤像是被放大好几倍，令人毛骨悚然，伊布尖叫了一声，头也不回地跑了。他选择不相信别人的传言。

可这无法改变夏朗逐渐被疏远的现实，伊布有些同情夏朗，实在憋不住，便主动问他，看车棚的老头和又疯又傻的女人，到底是不是你爸你妈?

夏朗被伊布这么一问给逗笑了，接着摇了摇头，轻描淡写却斩钉截铁地说了两个字，不是。

跟当事人对质过后，伊布便开始劝止那些关于夏朗的谣言，不过还是有人将信将疑，包括跟伊布关系最好的虎飞。

这事似乎暂时过去了。

过了一阵子，有一次大伙儿在大院外的麦地上用三棱镜、划炮、胶管、农药水枪等各种物件来折磨地里的虫子和鼠类，在寻求一种施虐的快感。伊布、虎飞、夏朗都在，夏朗在找洞、判断位置方面很有经验，大伙儿也挺高兴。就在这时，又疯又傻的女人出现了，她正在十分认真地拣麦秸秆、拔野草，箩筐里已装得满满当当。所有人都停下了手里的活，用好奇的目光打量着疯傻女人，有人甚至跃跃欲试打算作弄她一番，而夏朗有点像在回避，继续低头刨一块小坑渠，试图将水壶里的水灌进一个不明归属的地洞里。这时，虎飞来到他身旁，拍着夏朗，当着所有人的面对他说，夏朗，那疯傻女人是你妈吗？

夏朗兀自说，不是。

真的吗？虎飞坚定地问。

夏朗坚定地摇了摇头。

虎飞顿了顿语气，说，那好，你敢把这个扔进她箩筐里吗？

虎飞手里捏着一枚划炮。那个时候的划炮火药足，威力大，点燃后喷出的火焰远远大于二十一世纪以后生产的。

夏朗犹豫了，虎飞斜着脑袋，眼神轻蔑地说道，这都不敢？语气有点像是在说，我看你还能瞒多久。

夏朗笑了笑，说，什么不敢，还是留着炸鼠洞吧。

说着，夏朗俯下身来继续捣鼓地洞。

虎飞没有罢休，大声说，你怕了吧，因为那是你妈！对不对？

其他人也开始跟着起哄，此起彼伏的讥讽和质问，像是在激将夏朗。夏朗起初是沉默，往后越来越不耐烦，抓起书包准备离开了。

虎飞立刻对大家说，瞧瞧，丫真没劲，这就怂了，我看你还是承认了吧，你爸是车棚老头，你妈是背箩筐的疯傻女人！边说边形象地模仿那女人驼着背，背着箩筐走路时外八字脚的样子，生动极了，虎飞一向有模仿天赋，自然又引起了一阵哄笑。伊布没有笑，但自始至终也没有说话。

夏朗终于忍无可忍，扔下了书包，一把抢过那枚划炮，朝着那女人走去。

女人背对着他们，根本不知道身后正发生着什么。

然后发生的一幕，令伊布终生难忘。夏朗将划炮抛进了疯傻女人背后的箩筐之中，一缕极细的白烟在空中划出了一道短暂的抛物线，划炮爆炸后引燃了箩筐里的秸秆和杂草，突如其来的剧烈炸响，让毫无防备的疯傻女人受到了刺激，像失了魂似的尖叫一声，接着瘫倒在地。伊布记得很清楚，女人倒地之后身体还在不停地抖动、抽搐，箩筐里的火彻底烧了起来，火苗落在了女人的头发和衣服上……

夏朗转过身冲着虎飞放肆地大笑，所有人都被吓住了。

夏朗只撂下一句话，这下行了吧？！

夏朗头也不回地走了，连书包都没拿。伊布望着夏朗的背影，只见他抬起了手，像是在抹眼泪。

大伙儿见疯傻女人躺在地上形态可怕，不知所措下作鸟兽散了，三年级的孩子或许根本想象不到后果会是什么样的。

女人能捡一条命就不错了。此后，班里几乎没人再议论夏朗和他的家庭，夏朗也好长一段时间没来上学。

伊布问过班主任，班主任也只是摇了摇头。伊布还偷偷去过车棚，也毫无夏朗的音讯。

一个月后的一天，伊布放学刚进大院，就听大些的孩子们说，疯傻女人死了，车棚老头要回趟老家。伊布赶紧跑到自行车棚前，正好撞见了夏朗，这是伊布第一次在自行车棚前，见到那个他熟悉的运动健将，此时，却觉得有些陌生。夏朗没有抬眼，手里捧着一张遗像，相框明显有些旧了，那上面的人分明就是她。

老头肩上挎着一个包袱，锁好了车棚大门，推起靠在墙跟的自行车，车后座上捆绑着一个大箱子，箱子上头还捆着两个布袋子，绳子里里外外，纵横交错，为了固定牢靠，老头一定下足了功夫。

就这样，一老一小，父子俩，上路了。

从此，伊布再也没有见到夏朗。

过了好多年，伊布都不知道那女人得的是什么病，后来听大人讲，那疯傻女人，的确是又疯又傻，是那个姓夏的四十多岁“老头”在老家的媳妇，不过是花钱从邻村买来的，就是为了给夏家传宗接代。在她的意识里，除了保护自己的孩子，其他一切都是不清晰的，脸上那道可怕的伤疤，还有残缺的几根手指，就是她曾为保护儿子而留下的，那是在老家的山林里，一只发了疯的野狗像狼一般凶恶地扑向年幼的夏朗，危急时刻，疯傻女人挡在了他前面，赤手空拳，不管自己是否有能力抵御这危险……

这么多年过去，伊布都没有想起过夏朗一家三口，那些过去的经历太多，线索太庞杂，虽有自己见证，但多少会随着世俗生活的累积与释放，逐渐被新陈代谢掉。然而，当伊布被一一拒绝认作父亲时，不由得想起了夏朗那笃定、决绝的眼神，那斩钉截铁的口气，无论是从夏朗口中说出的“不是”，还是眼下一一迟疑之后的“不是”，这两个字，加重了伊布内心的焦虑和不安，让他沉浸在自我营造的伤感情绪之中。

这情绪并未持续多久，就被人为打断了。

不知是谁猛推了伊布一把，他回头，只见三个壮汉凶巴巴地瞪着自己。

伊布本能地问了一句废话，怎么了？

其实不问也知道这伙人是来干吗的，伊布已经有了经验，虽然每次来向他讨债的都不是同一拨人，但这类人都是一个德行，类似于廉价西装配小公文包的房产中介或浓妆艳抹的化妆品推销小姐，放在任何地方几乎一眼便知。

对方言简意赅地答道，你明知故问！

伊布的确是明知故问，接下来怎么办呢，直接跑吧，虽说这是一条背街的窄巷，眼下行人三三两两，料对方也不敢拿他怎么样，只是怕一转身就会被壮汉揪住衣领，伊布记得小时候被大孩子欺负，大孩子往往都是先摆摆手让伊布滚蛋，等他一转身就猛地揪住他衣领，一把将他拽倒在地，伊布好几次后脑勺磕在地上，没磕傻就烧高香了。这种记忆如同心理阴影，让伊布即便在跟人开玩笑时，也拒绝人从身后拽他的衣领。

对方很敬业地讲了一串讨债的套话，伊布完全听不进去，反正钱一分没有，只有等拿回儿子的抚养权才行，可眼下八字还没一撇呢，伊布也不愿将儿子的事跟这帮不相干的人解释。

对方见伊布竟然心不在焉，便掏出一把锋利无比的尖锥，抵在他的喉咙上。伊布立马屏住呼吸，生怕一个喷嚏就让自己的喉管漏了气。

就在这时，一辆警车从窄巷口开了过来，没闪警灯也没响警笛，犹如神兵天降。对方迅速缩手，伊布松了口气，像盼到救世主一般趁机朝警车挥手。

谁知警车“刷”的一下开了过去。

伊布和对方望着警车消失在窄巷的尽头，都挺意外。

对方这才反应过来，说，警车能随便逆行？

其中一个同事回头白了他一眼道，废话！

伊布趁机撒腿就跑，从对方三人眼皮子底下溜走，这对于专门从事围追堵截的人们来说，无异于奇耻大辱。

伊布跑出窄巷，冲到大街上，人行道上的人流无法形成有效的掩护，对方一眼便瞧见了伊布，边追边用手机招呼人前来支援，一定有一队相当于预备役的人马埋伏在不远处。

伊布跑上汽车道，伸手去拦出租车，恰巧刚才那辆警车又不闪灯、不响笛地悄然驶至，像个犯贱的幽灵来显摆幸灾乐祸的鬼脸。这一次车悠然停下，伴随车窗摇下，里面的警察一定认出了伊布，竟然用宣讲交规的口吻告诫他说，刚才就想告诉你，这边的几条单行线上都没有出租车停靠点，你得直走到了路口左转才可能打到车。

伊布气喘吁吁还没来得及跟警察开口，警车就在车窗还没摇上的情况下加速逃离，好像被追的是警车。

情急之下，伊布不得不横穿行车道，跨过隔离带，朝对面跑去。没想到对方沿着伊布的足迹毫不顾忌地跟了过来，尖锐的刹车声此起彼伏，这恐怕是伊布见过的最敬业最拼命的追债团队了。

行车道对面是一个新建的商厦，商厦前停着一辆巴士，巴士前没有白衣天使，只有一个头发蓬松的白衣老头，看样子像是献血车，慌不择路的伊布想都没想就跳上了巴士。

一上来就有一位年轻的工作人员热情地说，欢迎您！范博士都跟您介绍过了，是吧？

伊布下意识地点点头。

工作人员又问，那么，您是完全自愿的，对吗？

伊布还是不停地点头，嘴上敷衍着，对对对！

于是，工作人员微笑着取来一份协议，递到伊布面前，说，那就好，请您把协议签了吧。

伊布目不转睛地注视着窗外的动静，嘴不过脑地回答道，还签协议？你们不会强买强卖吧？我身上可没钱……刚说完，就见那几个追债的朝巴士这边围了过来，伊布赶紧蹲下，冲工作人员狠狠地“嘘！嘘！”

工作人员依旧热情高涨，说，您放心！我们绝不会收您一分钱。我们的四项基本原则就是：平等、自愿、免费、保密。既然您主动上来，只有签了协议，我们才会给您提供产品。

伊布顾不得跟他废话，一把接过笔和纸。

四五个追债的见白衣老头孤零零地杵在那里，便问他，有没有看见一个气喘吁吁的光头佬，到车前就不见人了……白衣老头抬手指了指大厦正门，对方十分听话，说了声谢谢，便鱼贯而入。

接着，老头从容地上了巴士，巴士即刻开出了小广场。伊布松了口气，从椅子底下钻出来，才意识到自己处在黑暗之中，怎么刚才进来时没有这么明显的感觉呢？那名工作人员也不见了，真奇怪！

很快灯就亮了，伊布惊魂未定，只见头发蓬松的白衣老头正用温暖的眼神望着自己。

别怕，我姓范，叫我范博士就可以了。白衣老头说。

伊布说，谢谢了，我，你，你没有必要知道我叫什么。

范博士手拿着协议，说，伊布，手机号码138××××0418。

协议书上的签字虽然潦草，但一目了然。伊布无奈道，好吧，您知道我叫什么也没关系，刚才我跟那小伙子说了，我身上没钱，你们要是推销什么东西，我可买不了。

范博士说，多虑了，我们不搞推销。

伊布打量着范博士的白大褂，转念一想，道，那你们不会挖我的什么器官吧？我肾不好！

范博士说，原来有被迫害妄想症，看来你很适合我们的实验产品。

伊布诧异道，什么实验产品？

范博士神秘兮兮地说，你听说过，时间停摆理论吗？

伊布摇了摇头。

范博士从容地摁了一个按钮，即刻触发了一整套机关，伊布面前的几排巴士座椅瞬间隐入地板之下，扇面闭合后地板重归平整，整个巴士内变成了一个空旷的房间，只留伊布独坐在正中央的椅子上。紧接着，车顶上方弹开无数扇长方形窗户，一个个全息影像屏伸出，垂至地面，将伊布和范博士包裹在里面。屏幕所显示的画面犹如监控一般，不是全景的街道、商场，就是中景写字楼大堂、医院，要么就是各种餐馆、办公室、教堂，还有地铁里的人群，以及人头攒动的人行道等公共及私人场所。

伊布好奇地来不及细看，问道，这都是什么？监控？您不会是 FBI 或者 CIA 什么之类的？还有，您不会一个摁钮连我也扔到车底下去了吧？

范博士说，欢迎你来到时间停摆科研实验室。这些的确是监控，不过不是一般的监控，是专门进行时间暂停实验所用的时间监控器，对于时空暂停时的个体、群体及其环境，进行详细的实体监控以及数据观测，根据相应的记录以及实验个体所产生的行为变化，并结合其影响，从而去调整、完善我们的科研计划和方向……

伊布听得云里雾里，说，甭费工夫跟我讲这些了，直说吧，什么事儿，没事儿您就找一方便地儿靠边停车。

范博士耸了耸肩，转过身去，背着伊布捣鼓着什么，伊布立即有了一种即将被科学怪人用专业器具掏心挖肺的惶恐。

弄了半天，范博士只不过戴上了一双手套。

然后，范博士伸手在其中一个屏幕前划拉了一下，转瞬间，那屏幕犹如一个可以伸缩的大口袋，竟然送出了一个拳头大的方盒子。

范博士转过身来，将方盒子打开。

伊布心里有点失望。不就是一块手表嘛，弄得那么神秘。伊布不屑地说。

范博士说，这可不是一块普通的手表。

伊布抢着说，比普通的还牛逼呗！

范博士眼珠一转，说，当然，更重要的是，它还可以……

正好缺块表！伊布又打断了范博士，一把抢过手表，戴在左手腕上。

伊布问，真送我了？

范博士回答道，你刚才已经签署了保密协议，所以，你当然会无偿获得这块手表的使用权。至于使用期限，暂时不做规定，若你使用后并无不良影响，我们会考虑对你和这块手表的关系进行属性定位，然后再做下一步安排。也许到那时候，你可以加入我们这个实验研究小组，通过自己的实践经历，总结可供讨论研究的实验结果，去为人类在时空方面的探索做出平凡而伟大的贡献。

伊布愣了半天，哼笑了一声，说，我拿块手表都能为人类做贡献，您别逗了，我长到三十多岁，虽说没啥大本事，可在网上也有百万粉丝，什么我没见过，就你们这种哄小孩的伎俩，骗别人可以，骗我没门儿，行了不废话了，我还有事，让我下车吧。

对了，你们开哪儿去了？

范博士大笑起来。

这笑让伊布很不舒服，问他，笑什么？范博士说，既然你不信，没关系，以后的事先不说，反正协议签了，这个表无论如何你也得带回去，戴不戴是你的事，但我想，以你的头脑，正常使用应该不成问题吧。

伊布还是不踏实，说，哎，说好了，你们可别事后来找我收费啊！这是你们免费送我的。

范博士点点头道，白纸黑字摆在这儿，我范博士难道还会赖你的账。

伊布下了车，发现自己被拉到了一个距离市区很远的陌生地方。

一条崭新的柏油马路，周围都是各式厂房，自己就站在一座厂房的大门外，那辆巴士开进院子后就消失了。大门口没有挂牌，甚至没有门房，只有一行很小很小的英文标志印在电动门上，“CAS Experimental Base”，对于英文水平非常一般的伊布来说，没看明白也算正常。

伊布走了好远，好不容易才见到一个破旧的公交站牌，孤零零地立在路旁，等车又等了好久，伊布心灰意冷，一度怀疑这是一个废弃却未来得及搬走的站牌。就在他准备放弃等待的时候，终于来了一辆公交车。车上人不多，座位都空着，这一幕好像某个恐怖片里的情境，越是光天化日，越可能乘上一辆迷途无归的诡异之车……伊布刻意告诉自己别胡思乱想，都是那诡异的范博士闹的，伊布拍拍自己的脑门儿，选了最后一排的角落坐下。

一路摇摇晃晃，伊布靠着车窗不知不觉睡着了。等他睁眼，公交车正好到站，仔细一看窗外，伊布怔住了，正好是之前乘巴士离开的那个小广场，新开业的商厦热闹依旧。

伊布有些发懵，心说可别又遇上那几个追债的了，墨菲定律他懂，所谓越担心什么越会来什么，自己既然琢磨到了这上头，万一真撞上了呢？ 想来想去，决定干脆再坐几站吧，伊布一屁股又坐回了座椅，却听司机在前头不耐烦地嚷嚷道，终点站！终点站！

不情愿地下了车，伊布立马就被风吹清醒了，只见周围的人们似乎个个喜形于色，老人晒着太阳，孙儿跑前跑后；妈妈领着女儿，牵着一大把色彩斑斓的气球；夫妻默契和睦，拎着大包小包；情侣牵着小手，有说有笑；连清洁工大妈也跟交通协管大爷聊得热火朝天，一切都欣欣向荣，宛如一幅和谐社会的图景，没有任何令人不安的因素。伊布意识到也许自己的担心有些多余了，哪儿有那么巧的事，守株待兔如今只有傻子才干得出来。

伊布点了根烟，猛吸两口以后便往地铁站走，这时只听砰的一声，什么东西爆掉了，回头一看，只见一小姑娘手里的玩具充气棒耷拉在地上，紧接着，小姑娘哇哇大哭起来，并用小手指着伊布嚷嚷道，都怪叔叔的烟！

烟头没了，看来跟那充气棒同归于尽了，这能怪谁呢？那烟头又没长眼睛，何况一小姑娘没事瞎抡一个又长又粗的大充气棒，也怪不像话的，稍有点歪心思的人就会看出那方面的暗示，多邪恶呀。这些想法伊布在脑子里飞快地过了一遍，他不知该怎么安慰现实中大哭不止的小姑娘，那哭声在熙攘的小广场颇具穿透力，恨不能把广场外面的人引来。

说守株待兔在如今是傻子才干的事，不可否认，可傻子也有等来兔子的时候。拜小姑娘的哭声所赐，伊布竟然在人潮之中与一个陌生又熟悉的男子达成了短暂的目光接触，墨菲定律今天终于在伊布身上应验了。

伊布只能再度迈开双腿，玩命狂奔。

伊布跑进一个地下通道，号称市区内除了天安门地下通道外，最不合理、最曲里拐弯的地下通道，以前他不信，觉得这种说法太幼稚，一跑才知，是自己太幼稚，估计设计者当初考虑要在这儿举办世界地下通道马拉松。

伊布在行人之中左右穿梭，狂飙突进，一直跑到力竭才总算接近了出口，室外的自然光才是真正的光明，不为这光明，却为这如光明般的自由……跑出地下通道的那一刻，一片大亮，紧接着就两眼一黑。

通道外有几名工人正围在一口井前施工，旁边还有一口井，原本是被安全警示锥和隔离带围着的……

待伊布睁开眼，视野里铺开雪白的天花板，白得有点刺眼。一周之内两度坠落，两度昏迷，只不过一次在天上一次在地下，好在都没跌出什么大毛病，实在是丰富了自由落体的经验。伊布庆幸，要不是一脚踩进井里，恐怕很难躲过那帮追债的，也多亏工人们把他从井下捞了上来送到医院。

伊布感到全身隐隐作痛，痛感就像是将他大卸八块，然后再组装了起来，即使外表看来跟原装没两样，但每一个关节，每一块骨头，每一寸肌肉，都让他感觉到一种曾经被撕裂又刚刚愈合的不适感。

落井之前发生的事，距离一下子变得好远，逻辑勾连有些牵强，似乎不像刚刚经历过。伊布起身想了半天，自己被讨债的追逐，最开始不就是从窄巷追到了小广场，再从小广场一直追到地下通道吗？

巴士上遇到范博士那一段经历前前后后到底怎么一回事，伊布开始怀疑它的真实性，还送什么手表，这哪儿跟哪儿啊？

一回头，却看到手表安安静静地躺在床头柜上，白色的软胶表带，白色铝金属表身，表盘玻璃是铝硅酸盐材质，大表盘上有两个副表盘以及一个电子数字显示框，有时针、分针、秒针，却没有刻度，没有标志。细细打量，是挺独特，却也不至于像范博士说的那么玄乎吧，等等！范博士跟自己说什么来着？伊布一时想不起来了，他拼命要将当时的情境在脑海里还原，并逐字逐句地反推出范博士想表达的意思，可盘算了半天，也不就是一次煞费苦心的产品推销吗？又没收他钱，那应该属于免费试用。

伊布遂将表戴在了左手腕上。

回了家，伊布倒头就睡，睡得昏天黑地。夜里却被虎飞的电话粗暴地叫醒。

伊布头昏脑涨地来到工体附近的一家夜店跟虎飞碰面。他本不想来的，可被虎飞那么一撺掇，似乎感到体内荷尔蒙分泌出了一种急需释放的能量，伴随着这段时间以来的憋屈，放纵一把也不是坏事。

夜店里不算拥挤，虎飞坐在一处卡座正中，身旁的花男妖女伊布一个也不认识，看起来都已经进入了状态。

伊布还纳闷呢，突然叫他出来喝酒，到底什么用意？遂先跟虎飞声明，自己口袋里没钱，喝酒买单不归他管。虎飞从口袋里掏出厚厚一沓钞票拍在桌子上，高声说，这个，不但能使鬼推磨，还能让磨推鬼！

伊布更纳闷了，问道，天上掉下来多少吨钞票，砸懵你了吧？

虎飞摆摆手，说，先别管我，什么时候把你儿子搞定，你小子就锦衣玉食了！

伊布指了指虎飞，说，八字还没一撇呢，搞定了能不告诉你吗？

虎飞给伊布满上酒，说，先别废话，喝吧！别一天愁眉苦脸的。

伊布抓起酒杯一口喝干，咧了咧嘴道，谁愁眉苦脸了？老子一身债，反倒一身轻！

虎飞拍着伊布的肩膀道，这就对了！今朝有酒今朝醉！

天快亮时，伊布被虎飞搀回了家，一起进门的还有一个从酒吧跟来的姑娘。

虎飞离开后没多久，处于半醉半醒中的伊布就被姑娘脱得一丝不挂……

或许太久不沾荤腥了，伊布身上的欲火一点就着。

姑娘骑在伊布身上，并狠狠抓住他的手腕，节奏规律地呻吟着，状态反应比伊布强烈多了。可突然间，姑娘的呻吟声戛然而止，身体也瞬间僵住，伊布心想，即便是高潮所致，也不至于保持那么狰狞的面孔瞪着他吧。

伊布继而发现姑娘连眼睛都不带眨一下，扣紧他手腕的手也无法自行松开，像一副手铐，还有她那张血盆大嘴，在酒吧看是烈焰红唇，极具诱惑，此刻竟然像是吃了死耗子一般，由于嘴张得太大，以至于正好能看见她里面的蛀牙。伊布使劲推开了姑娘，犹如推开一副木偶。

即便如此，那姑娘依旧一动不动。

伊布翻身下床，迟疑了片刻，把食指凑到她鼻子跟前，竟感觉不到呼吸。伊布猛地后撤一步，心想糟了，人死在了自己家里，不只是晦气，警察来了当他嫖娼怎么办？前一阵子公安机关正在严查楼凤和上门服务，风头正紧。可再一想，自己和姑娘没有约定交易的证据，更没有付钱，两情相悦属于私事，警察是管不着的。可伊布还是心慌意乱，不知道该怎么收场，他从没面对过一大活人死在自己面前。伊布在焦虑中慌忙套上了牛仔裤，由于忘了先穿内裤，拉前门拉链时不小心把自己给夹住了，疼得他嗷嗷直叫。

疼劲儿过去，伊布才抓起手机，犹豫着要不要拨打 110 或者 120，可突然发现墙上的电视画面竟然也是静止的。

伊布抓起遥控器调台，竟然没有反应，按键纷纷失灵。

伊布又看了看电视上方的挂钟，秒针停住了，没电了？偏偏在这个时候？他快要怒不可遏了，一种被调戏的感觉油然而生，索性将挂钟摘下来狠狠摔在地板上。

然而，最令他惊愕的是电子微热器上的水壶，壶嘴里冒出的白气竟悬浮在空中一动不动！如同几缕清淡虚软的白棉花糖，被人使出了魔术般的伎俩才挂在空气中。伊布凑到跟前，使劲揉了揉眼睛，从几个不同方向观察着悬浮在空中的白色水气，兴许是平时不太注意，此时此刻竟觉得陌生又诡异，好像从来没见过水气似的。伊布伸手触碰，一部分水气瞬间消失了，他物理学得不好，不知该称作蒸发还是气化，接着大手一挥，白气一下子全都没了。

这到底是怎么一回事？

伊布无意中瞥了一眼窗外，更是被惊到了。

此时距早高峰到来还有不到半个小时，路面上为数不多的几辆车竟然全都停在道路中央，没有管制，这个点不可能管制！

伊布使劲搓揉眼睛，试图让自己平静下来，难道是之前喝的酒里有致幻剂？还是因为这些天精神太过紧张所形成的幻觉？

伊布忍无可忍，一口气跑到了大街上，瞬间意识到听觉也出了问题，再安静的夜晚，但凡在城市，也会有城市的声场，这个原理伊布说不清楚，但他清楚极了当下的声音环境跟以往的巨大差异，除了轻微的风声，可以是说一片寂静。

正好一个清洁工正拎着清扫工具站在人行道上，估计是要去上岗。伊布走上前问话，清洁工没有回答，伊布便冲他大声嚷嚷，对方还是没有任何反应。伊布凑上前盯着清洁工的脸，发现他面无表情，如蜡像一般没有一丝活气，再观察他身体的姿态，动势很明显，肯定是在行走当中忽然被叫停，迈开的右腿刚刚落在地上，似乎还没落实。伊布不由得想起《西游记》里孙悟空的一个神招，只要冲人喊“定”，对方立刻就被定住，没法动弹，任由孙悟空处置。

真是诡异！难道整座城市都被孙悟空“定”住了？伊布仿佛步入了一个全然陌生的世界。

伊布冲上行车道，将脸贴在车窗上往里看，任凭他多么用力拍打车窗，司机们都直视前方，纹丝不动。伊布还惊奇地发现所有车都没有熄火，却没有一丝发动机引擎声。

此时的伊布有点崩溃，不停地大声嚷嚷道，有没有人，有没有人！？

他一边喊一边沿着行车道跑了差不多一两公里，前后经过了两家 24 小时便利店，一家性用品店，还有一个加油站，全都照常营业，灯火通明，只不过没有任何活人的气息，收银员，售货员，夜班职工，甚至在路口遇到的两位执勤巡警，全都被“定”住了，伊布就是冲巡警脸上吐唾沫，对方也绝不会恼火。

任凭伊布叫破嗓子，也没有任何回应。

伊布几乎可以确定，整座城市都被“定”住了。在这一切被合理解释之前，还是不要轻举妄动为好，伊布气喘吁吁地蹲在了马路中。

不一会儿，汽车引擎声骤起，距离伊布最近的一辆车突然冲他开来，伊布根本来不及做出反应，要不是车猛地来了个急刹，伊布整个人都会被碾压在车轮下。

司机探出头来狠狠地骂道，你他妈找死啊！

伊布哆嗦着爬起身，惊魂未定地走到路边，之前那名清洁工显然目睹了伊布在路中央的遭遇，还关切道，吓坏了吧？往后过马路可得留神，这夜里的司机一个个开车跟赶着投胎似的。

伊布没回过神似的没有搭茬。显然，清洁工已经恢复了正常，一切都恢复正常了。

推门进屋，那姑娘没死，这让伊布有种侥幸。她正光着屁股穿着他的衬衫站在窗前抽烟，姿势性感得一塌糊涂，但凡伊布要有兴致，就应该摁住她再来一次。

姑娘回过头用诧异的眼神望着他，说，你干吗去了？

伊布随便找了个理由，说，买烟。

姑娘问，烟呢？

伊布一怔，好在脑子转得快，圆谎道，哎呀，落超市了。

说罢，抓起姑娘的内衣和胸罩递了过去。

姑娘没接，问道，赶我走？

伊布没回答，只好放下了手里的内衣和胸罩。此时，他倒不想勉强别人了。

姑娘笑着问道，我是不是睡着了，还是你给我下了药？我怎么觉得还没到高潮，你人就不在了。

伊布坐在床边，双手扶住满是汗油的脑门儿，说，我现在也跟你说不清，都这个点了，你该回去休息了。

姑娘冷笑了一下，将烟掐灭在伊布几近干涸的茶杯里，摔门而去。

姑娘一走，伊布就打电话给虎飞，急切地问道，感觉到了吗？全都停下来了！

虎飞那头跟姑娘正云雨第二回合，心不在焉地回了句，没劲，忙着呢。接着挂掉。

伊布又拨了过去，强调道，就在刚才，一切都静止了，连声音也没了！

虎飞愣了一下，问道，刚才？静止了？

伊布答道，你也感觉到了吗？

虎飞反问道，既然都静止了，那我刚才怎么跟人上的床？

伊布皱起眉头道，这个……也许……

虎飞不耐烦地说，也许什么！你脑子出问题了吧！

伊布抬高声调道，你脑子才有问题呢！我说的是真的！

虎飞说，好好好，世界静止了，然后，威尔·史密斯出现了，端着枪，还养一条训练有素的猎犬……

伊布恍然大悟，狠狠说道，去你大爷的！

伊布转而在社交媒体平台上问别人同样的问题，回应寥寥无几，仅有的回复不是嘲笑伊布脑子进水，就是调侃他想象力丰富，最缺德的是跟着附和的，描述得跟真的似的，最后发现不过是拿伊布开涮。

难道只有自己一个人知道吗？还是说自己获得了某种异能？就像超级英雄一样，在生活中突遇异象，而后就拥有了不可告人的超能力。这到底是怎么一回事？

伊布突然想起了那个头发蓬蓬的范博士，阴阳怪气又笑眯眯。

伊布好像一下子明白了什么，难道不应该将这一切异象都归咎于范博士送的手表吗？

手表一直戴在自己左手腕上，由于手表本身太轻薄，以至于伊布竟然没意识到这一点。这似乎不合情理，之前跟姑娘上床，姑娘抓着他的手腕，会不会是碰到了手表上的什么装置？

伊布拧开浴室的水龙头，热水哗哗流着，水蒸气腾溢而出。伊布用左手把住表头，拿另一只手拍打表盘，仿照那姑娘在床上拍打他手腕的效果，拍打了半天也没见水流有任何反应，按理说水应该停下来，蒸汽也应该凝固在空中。

伊布又换其他几种方式，什么晃动表头，敲打底盖，等等，多种尝试均未见任何反应。热水已经快注满浴缸了，水蒸气也给镜子蒙上了一层薄膜，伊布关掉水龙头，心里却很不甘，怎么一点反应也没有呢？

伊布迟疑了片刻，拿指尖将“把的”向外抠了一下，竟然抠不出来，再尝试反向操作，像摁按钮一样，“咔哒”一声，把的被摁进去的一瞬间，主表盘上的秒针立即停了下来，几乎同时，两个副表盘开始转动，一个似乎以正常的速度在走，另一个则比平时快好几倍。

更奇妙的是，哗啦啦的流水声戛然而止，前一秒正从水龙头里流出的热水凝固成了水柱，水面上的水花晶莹剔透呈于静止，包括弥漫在浴室内的水蒸气，一切都静止了！

伊布拨开眼前的水雾，凑到龙头边，仔细打量这只有在科幻电影才可能看到的奇异景象，他伸手去触碰那悬停在空中的水柱，水温太高，还烫了他一下，可伊布不觉得疼。

伊布又摁了一下手表把的（后简称暂停按钮或暂停键），接着一切就又恢复了，这实在让他兴奋得不得了！

伊布戴着表出了门，打算看看“手表”作用于这个世界的“可塑性”。

一下楼，正好瞅见小区里那个遛狗不拴狗绳的“死胖子”，两只大黑贝前后撒欢跑，“死胖子”还驾驭不住，时常吓到孩子和老人，物业跟他交涉了好几回，人就是不听。瞧见他那颐指气使的样子，伊布就来气。

伊布摁一下暂停按钮，“死胖子”和黑贝瞬间静止了。伊布上前从“死胖子”手里抢下拴狗绳，绑在了胖子的两条大腿上，打上死扣，然后再将另一头拴在狗脖颈处的链圈上……

待暂停一结束，只见“死胖子”的腿被两只狗死死拽着，狗挣扎得越强烈，绳子在大腿上拴得就越紧，直至将“死胖子”拖倒在地。“死胖子”呈劈叉姿势不断挣扎，却根本打不过黑贝，一副狼狈相，正好引来了不少居民围观。估计不少人都想拍手称快，胖子没意识到胸前还贴着一张纸，上头是伊布用宽笔写下的，“不拴狗绳的下场”。

伊布走进一家平时常去的面馆，要了一碗牛肉面，等了半天面也没上，又催了好几次，眼看着服务员从后厨端上来一碗，正往自己这边来时，却被过道一位男子截了和，服务员忙解释称这碗面不是他的，可男子硬把碗抢过去，挑起一筷子面就要往嘴里送，伊布赶紧摁下手表上的暂停按钮。

伊布把碗端走，重新拿了一双筷子，舒舒服服吃完面，汤汁喝得一点不剩，然后将空碗塞回男子手里，再从抽纸盒里抽出两张餐巾纸，擦了擦嘴，揉成团扔进了碗里，接着将男子的两根鞋带解下来缠绕在他的筷子上。

待时间一恢复，只见那男子一口咬下去，牙差点给崩断不说，还吸进去一嘴脏兮兮的鞋带，再一看碗，男的傻了眼，捂着嘴支吾道，这他妈怎么回事？！

伊布愣是没憋住笑。

伊布瞬间有了一种为所欲为的满足感，他享受这种快感，让自己处在静止的世界中，虽漫无目的，但每一秒看到的景色都与平日不同。

用这块手表干更下作的事，伊布并不是没有想过，比如，随便找个美女做爱，反正一动不动任由他摆布，可他的颈椎突然感到一阵剧痛，痛感传至大脑和后背，整个身子都好像支撑不住了，之前摔出来的伤压根就没有痊愈，眼下他急需缓解这种无法抵御的痛感。

伊布来到一家大型公立医院，以前每次来这里，都需要下一个慷慨赴死般的决心，排队排得九曲回肠也罢，问题是往往还没顺利排到挂号台前就到了医院下班的时间。

这次不一样了，伊布恨不得盼望着队伍能排到门外的小广场上，反正自己有手表。

按钮一摁，堂而皇之地来到挂号台前，伊布排到了第一个，这队插得史无前例。其实对于整个队伍来说真不算什么，多他一个不多，少他一个不少。

本以为排在自己身后的人不会注意，谁知他刚抬手将社保卡递进挂号窗口，后头一位糙老爷们儿突然嚷嚷起来，嘿，你插什么队呀？

糙老爷们儿这么一嚷嚷，周围人都齐刷刷地看过来，伊布瞬间成了焦点，大伙儿的目光都带着温度，很快就让伊布脸上直烧得慌，的确是自己理亏，也没争辩的底气。窗口里的挂号员不耐烦地冲伊布嚷嚷道，没排队的排队去！后头的赶紧！

伊布没想到自己开了挂还没沾上便宜，无奈地退到了一旁。

害臊劲儿过去了，伊布换了一个窗口，审时度势一番后才摁下手表按钮。这回，伊布顺利地挂上了号，后头的人也没什么反应，原因是他事先观察了排在第一位的小伙子，人嘴上贴着厚厚一层膏药，不知什么毛病，估计说不了话，事实证明也的确如此。

伊布正打算上楼找大夫，突然听见隔壁队伍里起了冲突。一小伙子撩起嗓门嚷嚷着，听口气就让人有种无法抑制的不爽感，冲突的另一方是位老大妈，她不过去上了趟厕所，扭头回来，排在后头的小伙子就不认了，横了吧唧不断冲老太太摆手道，后边排着去！

老太太不干了，硬要往里挤，却被小伙子推了一把，老太太趔趄了一下，急得哭了，称自己给老伴挂号排了一个多小时，老伴心脏不好，可耽误不得。好话歹话都说尽了，小伙子依旧一副“爷就这样”的架势，周围的人则是一副“关我屁事”的神情。

伊布看不下去了，上前帮老太太说了两句，那小伙子竟一点不客气，说，怎么着？她是你谁啊？银行排队都还有过号作废一说呢，她上厕所跟我有什么关系呀，我排我的队，我哪儿知道您是去厕所还是去吃饭，待会儿所有人都这么干，那谁受得了？那还排什么队呀，都跟窗前挤得了。

伊布没有立即摁按钮，他不想这么快就击倒他，而是以前所未有的底气说，你别废话，我就问一句，你让还是不让？

小伙子瞪大了眼睛，说，哟！你算哪根葱啊？告诉你，她今天要是能站我前头，除非你把我揍趴下了！

伊布笑了笑，问道，你确定自己就这么贱，非得挨了揍才算数？

那小子也跟着不屑地笑了笑，挺了挺胸脯，眼神轻蔑地说，怎么着？你想练练？

伊布二话不说，抬脚猛踹在小伙子的裆部，这出其不意的一击力度不小，小伙子的脸瞬间就紫了，爆了句粗口，挥拳朝伊布打来，伊布的指头早在按钮前等着了。

真险！

再晚摁哪怕半秒钟，那拳头肯定就打在伊布脸上了。

伊布想了想，要做的有两件事，一是处置小伙子，二是将老太太推到小伙子前面的位置上。听起来简单，实际上费了不少劲。搁平时要想挪动一个活人都不算容易，身高体重是决定性因素，而在静止中，就难上加难了，被挪动对象相当于没有任何自主意识，力量是懈着的，平衡感无从谈起，活人也堪比死人，这也是为什么电影里挪动一位昏迷者或者一具尸体时会显得极端费劲。

老太太如愿归位，而小伙子则被伊布一直拖到了一楼大厅外。由于是拖行，鞋刮掉了，伊布又回去替他找鞋，最后，伊布将小伙子安置在医院小广场上的一块玻璃宣传栏前。他姿势保持得很好，还是一副战斗者的神色，青筋暴露，挥舞着的拳头如同一张满拉的弓，即将要给敌人以致命一击，若在他身上涂满铜粉，放到高处可能会被当作一尊现代雕像。

大功告成，伊布长舒一口气，躲到了一旁。

当一切恢复原状时，只听哐当一声，小伙子痛苦倒地。

门口的保安闻声赶到，只见小伙子一拳砸碎了宣传栏上的整块玻璃，连木梁和铝合金框都变了形，试想这一拳要是打在伊布的脸上，后果不堪设想。

伊布想乐没乐起来，看着小伙子可怜兮兮地蹲在地上捂着伤口，血流了一地，也分不清具体伤在哪儿，看样子整条胳膊都废了。三名保安围着他不知所措，估计想以损坏公务的名义不准他走，小伙子则带着哭腔呻吟着，狼狈极了……

伊布心一软，干脆又摁了按钮，找来一辆推车，费了半天劲把小伙子抬了上去，推进了急诊室。伊布意识到自己根本当不了恶人。

即便不当恶人，也要当个男人，总不能什么事都心慈手软。

伊布只身回到了网络视频公司，回想当时被扫地出门的狼狈，实在不像个男人，可那笔账他始终耿耿于怀，这次无论如何要出口恶气。

有些时候，所谓旧账，回过头来，当事人会发现，仇恨并没有因为时间而淡化，反倒会变本加厉卷土重来，如滚雪球一般不断蓄积，最后难以撼动。

伊布在一层等电梯时，郑峰戴着墨镜竟从大厅外走了进来，实在是冤家路窄。夸张的是，郑峰身旁还跟着几个随从模样的年轻人，一副前呼后拥的架势。

伊布还没来得及想好该怎么面对，郑峰就从他面前扬长而过，像是故意无视他伊布的存在。

装什么孙子！伊布在心里骂道。他朝四处瞥了一眼，正好发现了可以借用的道具。

走廊拐角处有两位工人正站在架梯上刷墙，不知是谁不小心拧开了充满压力的可乐瓶，喷涌而上的液体直接射在了墙面上，此时，那一大片可乐污痕正在被绿色粉刷漆一点点覆盖，而工人脚下那两桶绿油油的粉刷漆，如同两大杯诱人的抹茶拿铁，不好好利用一下有点可惜。

伊布果断摁下暂停，将郑峰挪了个位置，让他直冲架梯，再将两桶绿漆推到了架台边缘。

当时间恢复，只听哐当一声，郑峰撞在了架梯上，两桶绿漆不偏不倚正好扣在郑峰的脑袋上。

倒在地上的郑峰除了眼睛以外几乎看不清脸部轮廓，整个上半身换了颜色。

伊布是个有抱负的人，若仅仅停留在恶作剧阶段，就太小儿科了，他想起一句老话，会捉弄人也是本事。

伊布又窜到了直播间，只见郑峰洗完澡，换好衣服，匆忙赶来录制节目，头发湿漉漉的还没吹干，额头似乎没洗干净，竟显得印堂发绿。

滑稽的是，郑峰竟然在给自己做专访，也真好意思大张旗鼓地给自己脸上贴金。

胡总监正在跟郑峰交代着，称这期直播很重要，要求郑峰务必按照计划来，对白都给他写好了，只要照着念就行。

只见郑峰一本正经地坐在椅子上，面对另一位主持人，说穿了百分之百是“托儿”。郑峰的语言能力其实很差，几乎没法在节目里自由表达，更不可能侃侃而谈，必须依靠提字器的引导，提字器上打什么，他说什么，但凡稍微有一点变化，郑峰甚至都反应不过来。

伊布是清楚这一点的。

网络直播开始了，郑峰表面上在回答网友提问，其实都是设计好的。

“托儿”说，听说你以前做过电脑软件公司，很多网友都没有想到，你竟然还搞过IT，而且获得了成功。

郑峰清了清嗓子，故作幽默地说，成功倒谈不上，不过俗话说，艺多不压身，我年轻时也是很勇于实践的，虽然现在依然很年轻……

“托儿”以笑声附和，同时，一堆恭维的串词前仆后继地跟了上来，伊布及时摁了暂停，然后来到提字器输入平台前，噼里啪啦，手指如舞蹈般飞快地敲击跳跃……

郑峰接着说，什么 IT 不 IT 的，不过就是卖盗版软件，贩黄碟罢了……

胡总监在大玻璃窗外瞪大了眼睛，说，他瞎扯什么？！

工作人员赶紧检查提字器，没有发现任何故障。

胡总监赶紧通过耳麦指示“托儿”跳过这一段，谈下一话题。

“托儿”接着说，对了，虽然你做的节目属于极限挑战类，甚至有不少重口味元素，但是听说你本人还蛮有爱心的，之前参加过动物公益保护组织，领养了好几只流浪猫和流浪狗？

郑峰盯着“托儿”身后的提字器，开始照“念”，好在没再出差错，胡总监松了口气。郑峰再入佳境，将提字器上的语句变成了自己的表达，竟游刃有余，把他对于小动物的爱吹得比天还大，好像自己成了上帝，生来就要为全世界小动物奉献一切。

伊布赶在郑峰一个换气口上摁了暂停，再次钻进了工作间，边打字边嘟囔道，让你丫吹牛逼。

等时间恢复，郑峰接着说，其实呢，我最喜欢吃狗肉了，我收养小动物，就是为了自给自足……

话没念完，郑峰立刻捂住嘴，包括他自己在内所有人都惊呆了。

郑峰回过神，愤怒地嚷道，不录了，不录了！提字器有问题！都什么乱七八糟的！

说着，他腾的一下站起来就走，可还没出直播画框，皮带竟突然崩开，裤子瞬间滑落至脚脖子，将他绊倒在地。胡总监连火都懒得发了，生生被这滑稽场面给逗笑了。

整个过程都被网络直播出去了，郑峰当即就成了被吐槽咒骂的活靶子，尤其是动物保护人士和爱猫爱狗的网友，恨不得把郑峰油煎炸烤……

伊布抚摸着腕上的手表，就像在抚摸一把手刃仇人的宝剑。即便是损人不利己，可伊布获得了一种大仇已报似的满足感。

伊布逐渐总结出了“手表”的规律：每摁一次按钮，就像摁了播放器的暂停键，若要让时间恢复正常，再摁一下按钮就可以了；一次暂停最长五分钟，五分钟一到暂停会自动结束，若想让暂停继续，需要再摁一下按钮才行。

暂停一旦结束，一切都恢复常态，没有人会意识到有什么不对，因为从进行时空的角度讲，暂停下来的这部分时间只有伊布自己知道，对于被暂停的其他所有人而言，他们并不知道，自身的时间感知依旧连贯，并不受任何影响，甚至毫无觉察。

伊布走在大街上，气场都变得与众不同，感觉自己无所不能，想让世界动就让世界动，想让世界停就让世界停，掌握了动与静，如同参透太极阴阳，只要动动手指，任何事都难不倒他。

伊布不但可以悄无声息地满足猎奇心理，还能惩恶扬善，当一当主持公道救人于危难的城市英雄，平日看不惯的事不少，这下好了，就是多管闲事也不怕自找麻烦了。

估计没有哪个超级英雄会像伊布这样，先后遇到失业，破产，天文数字一般的债务……想到这里，伊布停下脚步，侧过脸一瞧，竟然正好停在一家银行门前。

只一个按钮，进去再出来，伊布就可能成为千万富翁。不过就是得掐着点每五分钟摁一次按钮，晚一秒都不行，只有让时间一直处于暂停中，才不会让伊布暴露在监控之下。

伊布迟疑了，这可是抢银行，他从来没想到有一天可能跟这件事扯上关系。万一被发现怎么办？可万一监控拍不到呢？监控拍摄的是进行时空，而伊布在静止时空里行动，按理说是神不知鬼不觉……伊布琢磨来琢磨去，竟不由自主地走进了银行大门。

银行内部装潢有些年月了，整体格调老旧泛黄，似乎连光线都有些暗淡。伊布把双手插在兜里，选择站在一个接近夹角的位置上，以便一眼扫视整个营业厅，这是他从侦探小说里学来的。

您好！一声殷勤的寒暄，伊布回头就被一张血盆大口吓了一跳，看来营业员口红抹多了。她正问伊布要办什么业务，伊布随口答道，抢钱，哦不！取钱……

女营业员愣了一下，随即将机器吐出的号码票递给了伊布。

伊布故作轻松地在营业厅内踱了一圈，不时观察着那些等候办理业务的顾客，发现似乎每个人都是怀揣巨款的富翁，顶多细分为比较有钱和更有钱这两类，包括穿防弹背心的保安在内，人人都比自己富有，比自己更有底气。伊布的自卑从未夸张到这般地步，或许这就好比当一个人觉得自己胖时，看谁都觉得瘦；当一个人特别缺钱时，见着谁都羡慕人家铺张。

点钞机的刷拉声此起彼伏，仿佛树叶翻飞作响，撩动着伊布的心弦。大玻璃窗背后一捆捆新鲜粉嫩的钞票，刺激着伊布的视觉神经，连气味也赶来凑热闹，钻入鼻孔里的是一种奇怪的味道，像是办公用具混杂着奶香。伊布忽而想起小学时帮老师收书费，全部四十多人的纸票都握在自己手里，那时自然没有贪污的概念，唯一吸引伊布做这份差事的就是炫耀手上的那股奇怪的奶香，说不清是臭是甜，臭，类似于乳臭，甜，更像是奶甜。想想那时的孩子实在莫名其妙，还有好奇的男生凑到他手前闻来闻去，总之，就是此刻伊布所闻到的这种味道，含混而暧昧。

伊布愈发动心了，不由自主地将手指放在了按钮上，只消轻轻一摁，这里就归他主宰了……

手机突如其来的炸响差点让伊布犯心脏病，“突然”这两个字仿佛就是为这个情境而生的。

即便在环境嘈杂的公共场合，伊布也习惯把手机调成震动，震动没有侵略性，关键是不会惊扰到自己，甚至可以被视作一种有教养的表现。他反感高分贝铃声，尤其在相对安静的场所，即使再动听的乐曲，在伊布耳朵里也会被当作声音污染，好些不错的乐曲就是因为被用作手机铃声后而烂遍了大街。百听不厌不过只存在于理想状态下，事实上很难存在。

伊布很诧异自己的手机这次怎么没有处在震动状态。

听筒那头传来似曾相识的声音，道，伊布先生吗？

伊布担心又是讨债的换了号来威胁他，便先不说话。

那边语气轻快地说，伊布先生，伊布先生？

伊布继续沉默。

那块手表你用的还好吧？

伊布一怔，小心翼翼地问道，你是？

你猜。那边语气转为慵懒。

猜什么猜？伊布不耐烦了。

紧接着传来一阵顽皮的笑声，道，是我，范博士，听不出来吗？声音辨识能力也太差了。

伊布紧张兮兮地问，什么事？

范博士说，我这边系统显示你短时间内高频率地使用了暂停时间的手表。

伊布第一次听说这块手表的学名——暂停时间的手表。

伊布追问道，我用多少次你真能知道？

当然，全知道。范博士的语气一点不像开玩笑。

伊布一阵心虚，敷衍道，哦，有什么事吗？伊布想快点打发完这通对话。

范博士转而问道，你觉得手表用起来效果怎么样？

伊布支支吾吾道，还好，我，只是觉得好奇，一摁手表上的按钮，世界就静止了……

范博士打断他的话，说，不是静止，确切地说是暂停，暂停了时间而已，像孙悟空喊“定”，你想想，是不是很像呢？

伊布没觉得范博士的话多深奥，暂停时间和静止世界，在他看来效果上似乎没区别。

范博士另起话头道，每当你摁下暂停按钮，系统库里都会有详细记录，还可以看到你用它做过什么……

你监视我？！伊布当然不爽了，更不明白范博士为何一而再再而三地跟他强调这一点。

范博士不紧不慢地说，所有人都处在被监视下，只不过你的一举一动更显眼，因为时间暂停后，只有你不受暂停约束。不过，有一条规则……

“叮咚”，营业厅广播又在叫号，这已经是第三遍了，伊布才意识到总算排到他自己了。可手机那边依旧是范博士的喋喋不休。

伊布匆忙挂掉了电话。

坐在窗口前，营业员问了他三次要办理什么业务，伊布才反应过来，抱歉地摇摇头，转身离开了。

刚出银行大门，电话就打了进来，伊布拿起手机嚷道，还有完没完了你，就不能让我安静会儿！

能，先把钱还上。是一个陌生的声音。

伊布一怔，赶紧挂掉电话，这才反应过来，那帮追债的实在是阴魂不散，看来他又要换手机号了。

走在路上，不停有电话打来，全无来电显示，伊布一个个都摁掉了，后来索性设置了免打扰，全拉进黑名单。伊布觉得恍惚，一种强烈的不真实感包裹着他，眼里看到的一切都跟以往不同，阳光像是被上了茶色滤镜，交通信号灯颜色诡异，红色属勃艮第酒红，绿色属松石绿，至于经过的行人，好像都在盯着他看。

回到家，伊布还在反思自己是否神经过敏，以至于变得矫情起来，他犹豫要不要回拨给范博士，却想起通话记录已经被自己一股脑删了。范博士不会要将“暂停时间”的能力收回去吧？伊布赶紧拧开水龙头，摁了一下手表上的按钮，还好，水柱凝固了，看起来透亮晶莹，纹路清晰。他松了口气。

一一在班里越来越被孤立，大伙儿私底下传他有个光头爸爸，跟着一块儿进了局子，夸大其词的说法是，光头爸爸被判了刑，一一成了囚犯的儿子。

流言加冷眼，足够让一个十一岁的孩子抬不起头。不过一一倒还好，始终显得很平静，像是在心里说，不搭理我更好，还懒得跟你们掺和到一起去呢。没人知道一一到底怎么想的，也没有人愿意主动亲近他。

除了一个叫小沫的女生。

小沫貌似也不太合群，独自坐在教室的角落里，偌大的双人桌上只坐着小沫一个人，更显出她的单薄。

一一不明白为什么别的女孩子都不喜欢她，不明白为什么老师让她一个人坐。反正她是唯一愿跟一一说话的同学。

有一次，一一值日扫地，好不容易将垃圾倒进桶内，几个男生急着离开教室，出门时碰到了垃圾桶，纸屑撒了一地，却连招呼都不打，其中包括上次在后门外挑事的秦大军。

一一实在懒得追究了，正要自己收拾，却发现那几个男生没走出教室就被堵了回来。站在门外的是小沫，拎着一个红色水桶，里头是洗完后拧干了的抹布。

小沫睁着大眼睛，指着地上的垃圾桶，说，收拾了。

秦大军不屑地说，让开。

小沫强调道，收拾了！

秦大军说，别逗了你，赶紧让开，别以为你是女生我就不敢碰你。

小沫二话没说，抡起水桶就扣在了秦大军的脑袋上，紧接着操起一个拖把，撩开前所未有的大嗓门喊道，别以为你是男生我就怕你！我再说一遍，收拾了！

在场所有人都像接受指令的机器人，立即俯身去收拾地下的垃圾，包括一一。

你不用！小沫对一一说道。估计是语气还没来得及转换。

小沫如此弱不禁风，气场竟如此强大，把一句简单的话用三种不同的语气说出来，最终叠加而成的震慑力让高出她一头的男生们乖乖就范。一一顿时对小沫佩服得五体投地。

此后，一一和小沫成了朋友，只不过有点君子之交淡如水的意思，平日也并不怎么亲近，更不是通过弱者结盟的方式来对抗疏远他们的同学。两人只是在必要的时候，出现在对方不远处，小沫对一一有种不一样的关心，而一一也会把心里话告诉对方。

为了亲近一一，并让一一更快接纳自己，伊布煞费苦心，好在有“暂停时间的手表”作外挂，他志在必得。

伊布首先想了解一下儿子的喜好，投其所好很重要，跟追姑娘一个道理。记得有位哲学家说过，想了解一个人到底什么样，最直接的办法就是深入他生活的地方，到他最私密的住处去。

虎飞帮着打听到了一一的住处，是一栋位于东二环外黄金地带的老式别墅，十几年前绝对算豪宅，其实现在也不差，园林、水系环绕，建筑形态颇有格调，估计建造这里的人一定是抱着提升中国土豪品味的诉求来的。伊布感叹亲儿子能遇上这么一位继父，前妻能够过上安逸富足的生活，实在万分幸运，结果却令人欷歔。

伊布通过手表暂停躲过了保安和监控，顺利进入一一家，他之前踩过点，确认此时屋里没人。据称，一一的生母和继父死后，保姆和司机依旧在照顾这个家。

伊布进屋后忽然感觉肚子里一阵翻腾，第一件事便是去找厕所。一层的厕所豪华到让伊布压根不会认为它是厕所，要不是好不容易发现里面有坐便器，伊布险些等不及拉在裤裆里。

解决了内急之后，伊布才开始巡视整个屋子。屋内除了粒子能量钟嘀嗒嘀嗒，以及鱼缸幕墙潺潺的水流，再也听不到别的声音。在摸清了大致格局之后，伊布朝儿子的房间摸去。

儿子的房间在二层，布置得简约又现代，黑白灰三色相配，墙上较醒目的位置挂着一把小提琴，一看就是真家伙，另一面墙上贴着几张奖状，没看出一一能力挺全面。柜子上还摆着三架战斗机模型，估计是他自己做的。

桌上的电脑开着，但需要输入密码才能进入系统。伊布又去别处看了看，除了书柜里的各类小说、漫画、百科全书，没再发现一一还有什么明确的爱好，反过来想，恰恰说明一一爱好广泛。

伊布接着翻箱倒柜，在墙角一个相对隐蔽的矮柜里发现了另一番天地，只见那里堆放着好些公仔、汽车，以及造型独特的电影衍生品，看来一一还是个发烧级收藏者。

伊布的好奇不断升级，当他无意中碰到桌角的一个小按钮时，即刻就有一块木架从墙体内伸出，木架上摆放着整整一排游戏碟和唱片，下方墙体随即自动调转方向，偌大的一台 PS 机悬在伊布面前，机型稀罕极了，甚至不像一台普通的游戏机，总之伊布没见过，可以想象这种喜好背后的资金支持也是巨大的。

伊布前前后后在屋里待了一个多小时，恨不能把接触到有关一一的一切都记在脑子里。当他正打算全身而退时，楼下突然传来了钥匙开门声，伊布一惊，没来得及反应人就推门进来了，伊布这时才想起一件棘手的事，进来时忘了套鞋套，脚印肯定是留下了，可比这更棘手的是，“暂停时间的手表”竟不在自己左手腕上！

之前在一层如厕，洗手时由于龙头水压过大，溅湿了手表，伊布便将手表摘下来放在了洗手台上……

伊布猛拍脑门儿，决定赶紧下楼，可楼下传来了一一的声音，我的哮喘喷雾呢？

保姆回应道，你没随身带呀，那应该在你房间里。

紧接着，传来了上楼的脚步声，不算轻快也不算沉重，猜得出是一一上来了。情急之下，伊布不得不躲进二层过厅的大窗帘后头，屏住了呼吸。

一一上来后，直接进了自己房间，很快就没了动静。伊布只能靠耳朵去听，听了半天，推测一一应该没发现什么异常，伊布松了口气，正琢磨下一步该怎么办时，屋里传来一一的声音，喂，110 吗？

伊布一怔，恨不能冲出去抢下手机再将他打晕。可他当然不敢，只感觉心瞬间被提到了嗓子眼。

伊布定了定神，告诉自己即便警察要来，也不会马上赶到，自己还有时间，眼下必须想办法冲到一楼洗手间。

可就这么下去，肯定会被发现，想来想去，除了翻窗户似乎没别的办法了。伊布一咬牙，索性开始推身后的玻璃窗，又怕动静太大，只能一点一点往开挪，进展极为缓慢，过了好几分钟，伊布还是没法钻出去，就在这时，警车到了，这效率简直高得惊人。

这次若再进局子性质可就不一样了，虽然没抢劫，那也是不经业主同意擅闯民宅，弄不好就算入室盗窃。伊布赶紧继续连拉带推，却发现玻璃窗卡住了！

民警同志的脚步声由远及近，木质楼梯被踩得啪啪作响，听声音最起码有两到三个人。伊布不敢想象等待自己的会是什么，心快从嗓子眼儿里跳出来了……

谁知民警同志径直从伊布面前走过，奔着一一房间去了，似乎没有人注意过厅窗帘后藏着什么，这恰好提供了一个可乘之机。伊布趁着他们背身交谈之际，风一般逃到了一层，他恨不能像猫一样步履轻快，不发出一丁点响动。当他抓起表摁下暂停按钮的那一刻，仿佛获得了新生，刺激得他想大叫出来！

伊布涉险脱身后，便按照他的想法开始了一番采购。

第二天，一一进了教室，意外地发现一套小提琴唱片静静地躺在他的课桌前，问其他同学，没人知道是谁放在他桌子上的。

一一打量着唱片封套，正版的《Violin Masterworks——黑胶35CD 收藏》，估计价格不菲，不像是普通同学送得起的。

一一想了半天，拿着唱片离开了教室。

又过了一天，一一打开自己的储物柜，看见里面莫名其妙多出了一大盒皮克斯电影公仔。一一关上柜门，不用想，这次他知道了。

这还不算完。

这天放学，一一和小沫刚走出校门，就看见伊布捧着一大套航天飞机模型笔挺地站在那里，整个人兴致勃勃，好像要给别人颁奖一样，瞧见一一，便笑着凑了上来。

伊布没有忘记跟小沫礼貌地打个招呼，小沫也大方回应。

接着，伊布冲一一扬了扬手里的航天飞机模型，说，这个，美国宇航局最新研发成果，原比例缩小实体模型，内部构造全揭秘。我是怕摔了，所以亲自拿给你。

一一什么也没说，拽着小沫转身就走。

伊布忙追上去道，哎，这可是原版引进，国内目前就这一套，你回去试着拼装一下，绝对牛逼！

你烦不烦，我不想要！ 一一表现得很不耐烦。

捧着这么大一套模型好半天了，伊布的额头上早渗出了一层汗珠，此时，他更尴尬了，小心翼翼地说，不喜欢也不至于发火嘛。

小沫忙劝说一一道，叔叔一片好心，你就收下吧。

说着，还推了他几下。

伊布见一一没再抗拒，便将模型递了过去。一一只好接过，撂下一句话道，以后别再送了。

伊布目送一一和小沫走远后才松了口气，紧接着想起口袋里还有两张航天博物馆的参观券。

于是，伊布又追了上去，跑到了胡同口却为时已晚，一一和小沫早不见了踪影。伊布还有些不甘，毕竟在他心里，航天飞机模型和参观券是要成套送才完满的。

不一会儿，一辆垃圾车从他身旁驶过，伊布无意中瞥了一眼，令他震惊的是，那套航天飞机模型分明就歪躺在里面……

航天飞机模型最终被伊布挽救了回来，他为此追出了好几条街去。

到了虎飞家，他还耿耿于怀地抱怨道，不识好歹，真不识好歹！

虎飞听后，忍不住笑了半天，教育伊布道，你要是真想跟他套近乎，就得厚脸皮，别在乎这些，要做到打不还手骂不还口，重要的是多陪他，多做些让他认可你的事，或者说，让他觉得你牛逼，打心眼儿里佩服你。光买东西没用，你有听说哪个男的只靠送东西就把姑娘追到手的吗？

太有了！拿钱砸上床的姑娘多的是！伊布说。

虎飞一想，说，追姑娘跟认儿子能一样吗？

伊布不吱声了。虎飞突然拍打着伊布的大腿道，雪中送炭！我一直在想这个成语，可算想起来了，你对你儿子呀，就得创造机会，多干雪中送炭的事！

伊布挠挠头，说，我找他就是希望他给我雪中送炭，还倒过来了……

为了创造机会，伊布恨不能从早到晚都跟着一一，当然，他会做到尽量不让一一发现，实在不行还有“手表”可以救驾。

所谓机会真还赶上过一次。某天早上，一一赶到教室，一翻书包才发现一本非常重要的作业本没带，说重要倒不是内容，而是因为任课老师是学校出了名的恶人，人见人怕，对待忘带作业本的学生总是一句恶狠狠的话，“没带就是没写，没写就是没带”。哐当一声，该老师发泄式的关门方式让全班同学汗毛直竖，一一顿时有了一种即将被带上刑场的感觉，心说这下完了……

好在伊布观察仔细，关照及时，当一一被该老师叫起来的时候，竟然又从书包里摸出了那本作业本，实在是意外的惊喜。

伊布松了口气，这恐怕就算雪中送炭吧，可转念一想，一一是没法知道的，就算自己说出来，一一也未必会相信啊！

隔了一天，伊布又去了学校，这次是躲在操场旁的小林子里，密切注视着一一的一举一动。一一正在参加校园篮球一对一选拔赛。

让伊布大跌眼镜的是，一一的水平实在够呛，运球被断，上篮被盖，投篮都能在无人盯防的情况下来个三不沾，对手一个假动作就将他晃倒在地，伊布实在看不下去了。想当年自己上学时篮球足球通吃，被冠以足球小将加流川枫的美名，在学校里风生水起，可到了儿子这儿怎么就这么不争气呢？一定是后爹没培养好，导致他成了任人蹂躏的菜鸟，关键是蹂躏他的人就是秦大军，可从一一脸上看不出任何不服，连一点斗志都没有，防守迟缓无力。伊布忍无可忍，摁了暂停。

伊布将对方手里的球抢下来塞在了一一手里。当时间一恢复，对手做出了三步上篮的动作，却发现两手空空，而球却被一一抓在手里，一切太突然了，场下所有人都没看清一一是怎么做到的。教练习惯性地拍着手鼓励一一道，赶紧出三分线，大胆进攻！

接着，一一从三分线外带球冲入禁区，慌乱中竟然运球脱手，球向界外滚去。然而对手移动的比狗还快，眼看就要抢到球时，伊布赶紧摁了暂停，过去解开了对手的鞋带。

时间恢复之后，对手脚下拌蒜，摔了一个跟头，一一则鬼使神差地原地捞回了一个出界球。

可是，没等一一运球到篮下，球又被对手断掉了，伊布真没想到秦大军这么玩命。

伊布一气之下又摁了按钮，冲上场再次将球抢过来塞给了一一，并嚷道，刚才那样不能走直线，加快步伐及时变向，懂吗！？

见一一连眼睫毛都不带眨一下，伊布没了脾气。

时间一恢复，所有人惊奇地发现一一仿佛具有了魔力！

秦大军目瞪口呆，一一自己也难以置信，两人面面相觑，愣在原地。

此时，一一若直走篮下，如入无人之境，会是一个必进之球，按照规则，球一进，对手便被淘汰出局，绝佳的机会相当于突如其来的幸福，一一竟恍惚得迈不开步子了。

伊布急得跳脚，真想骂他几句，却被场边的教练抢了先。

还愣着干吗！上啊！

教练这话反倒激发了秦大军，他不顾一切地朝一一扑来，腾空后伸开双臂试图封盖，却和刚起步的一一撞在了一起。一一瞬间失去平衡，但还是在落地之前将球抛了出去，确切地说，是下意识随手一扔，连看都没看，而秦大军的指尖虽然碰到了皮球，但仍然没能阻挡球运行的轨迹……

这一切将会转瞬即逝，所谓一刹那、一瞬间，其实都不存在，只有伊布腕上的手表，才可能定格一刹那、一瞬间。

但是，伊布没有摁暂停。

一一和对手几乎同时落地，所有人的目光投向皮球，只见它擦着篮板落到了篮筐上，在篮筐的边沿羞羞答答游走了一圈，最终，欲罢不能地落入网内。

场下爆发出一阵热烈的叫好声，连教练也鼓起了掌，伊布兴奋地冲出树林，高声欢呼……

当伊布意识到自己有些忘乎所以时，发现其他人都诧异地望着他，包括一一在内。一一顿时没了兴致，转身就走了。

放学后，一一去了胡同口的一家甜品店，进去要了两杯红豆芒果冰，正想刷卡时，柜台后的小哥却告诉他，刷卡机坏了，只收现金。

一一翻了半天书包，一分钱也没有找到，不知是尴尬还是赌气，竟然反问柜台小哥，我没现金，你说怎么办?

再看那两杯红豆芒果冰，一一拿到手后一口气已经吸掉了将近二分之一，这效率比撒尿还高。

柜台小哥一脸不快。就在这时，一个韩剧里经常会有的恶俗桥段出现了，通常是富贵不羁的帅气公子哥出现，替善良貌美的屌丝姑娘付账，帮她解围……这竟然也适用于落魄老爹跟富贵儿子。

伊布大方地掏出了一张百元大钞，拍在了柜台上，潇洒淡定地说，我帮他付，顺便再给我来一杯。

那一刻，伊布的话音仿佛盖过了甜品店里的所有杂音。

伊布对这效果比较满意，甚至窃喜，觉得自己在儿子最需要的时刻出现，这恐怕就是虎飞所说的，雪中送炭吧。

伊布表面上却装作心不在焉，其实心里期待着一一主动跟他开口，这恐怕也是虎飞所说的，化主动为被动吧。

谁知，柜台小哥面带歉意地说，不好意思，不够。

伊布大咧咧地说，不够那就换一杯别的，随便。

柜台小哥用细嫩的指头轻轻弹了弹伊布的百元大钞，补充说，我的意思是，一百块不够，三杯总共一百零二块，还差二块。

伊布一怔，诧异道，这都不够？你，一杯多少钱啊？

柜台小哥回答，三十四一杯。

伊布一翻钱包，里头就躺着崭新的五毛钱，还真是一点褶皱没有，该死，五毛钱竟然还是崭新的，伊布有点被成心嘲讽的感觉。

刷卡吧！我习惯刷卡。伊布将一张银行卡拍在柜台上。

柜台小哥依旧面带歉意地摇头，说，不好意思，刷卡机坏了。

伊布想张口骂娘，考虑到自己在一一面前的形象，硬是压下火气，强作淡定地摆摆手说，算了，就两杯吧，我本来也不想喝，怕你找钱麻烦才……

柜台小哥似笑非笑地点了点头，转身做芒果冰去了。

接着，一一冷笑一声道，你跟踪我！

伊布装无辜道，什么跟踪你？

一一说，别演了，从我出校门起你就一直跟踪我。难道你觉得我会傻到以为咱俩是在这巧遇吗？还有，你帮我付账其实完全没必要，咱俩又不熟，我赖着不还，你也没办法，而且我没要求你那么做，所以，我没法说谢谢。

伊布被一一这一大串台词给噎住了，实在没想到这孩子咄咄逼人也这么平和。伊布抬手想擦擦冷汗，才意识到那只是一种修辞，冷汗并不存在。

伊布没法接茬儿，只蹦出一句，你有……十一岁？不止吧？

一一说，过问未成年人具体年龄，往往是坏人搭讪的惯用伎俩，可我看你不像坏人，但我还是有权不回答。

柜台小哥突然插话道，找您的钱，一共是……

伊布赶紧打断柜台小哥的话道，好好好，就那么点零钱用不着非说出来。

伊布扭过脸，见一一已经坐到了大玻璃窗前的小白桌旁，玻璃窗外就是胡同岔口的景观，斜阳照着，文艺格调还挺浓厚。伊布凑上前坐在一一对面，说，你刚才那个进球很漂亮啊。

蒙的。一一回答。

伊布纠正道，不能叫蒙，虽然有一定运气成分，那也是好球啊！

一一打断伊布的话，道，跟你有什么关系呢。

伊布尴尬地笑了笑，换了个口气说，对了，我之前送你的飞机模型，你……干吗要扔呢？

一一反应很快，耸耸肩道，哦，你都知道了，那不好意思了，是你硬要塞给我，我收下，怎么处置就是我自己的事了。

伊布被呛住了。

一一接着说，你之前送的其他东西，我都交给老师了，你要想要回去，就去找林好。

伊布：你！

伊布欲言又止。

一一突然又说，还有，我知道是你。

伊布纳闷地道，你知道什么？

一一说，你去过我房间。

伊布一脸惊愕，本能地脱口而出道，你怎么知道？不是，这哪儿跟哪儿啊？

一一冷笑道，别找补了，你这么问，肯定是你。

伊布一愣，耸了耸肩，说，行，那我也不否认了。我出于好心，就是想多了解你。

难怪你送我那些乱七八糟的东西，果然是翻过我的卧室。

一一说。

伊布辩解道，我就是进去看了一下，什么都没动。

一一追问道，那你怎么进我们家的?

伊布愣了一下，支吾道，我呢，对我来说这不是难事儿。

这是你说的? ! 一一强调道。

伊布下意识地挽起了袖子，不以为然地说，那当然。

一一点了点头，接着从袖子里掏出手机，摁了停止录音钮，说，有证据了!

伊布一惊，说，你竟然录音! ?

一一说，我们家丢了什么贵重东西，全凭我一句话，入室抢劫现在判的可比以前重多了，恐怕你……

伊布气得握紧拳头嚷嚷道，你小子敢耍我!

嚷完又略带歉意地瞅了瞅四周。

一一依旧平和地说，耍你其实是好心，没别的意思，只是想劝你，以后别再来找我。只要你不纠缠，这条录音就是留着我也不会再听第二遍，更不会让第三个人知道。

说完，一一起身要走。

伊布一把拽住一一的胳膊，激动地说，一一，我真是你爸爸，无论你信还是不信，无论你接不接受，这是事实!

一一淡淡地说，你不是我爸，我爸已经死了。说罢，试图把胳膊抽出来。

伊布继续拽住他道，一一，我是你亲生父亲！亲生的，你懂吗？我知道你心里都明白！

一一没有接茬儿，目光却停留在伊布的胳膊上。伊布胳膊上有一块文身，却显得模糊不清。

一一缓缓地说，我最烦身上有文身的人了，尤其是文着骷髅头的。

说罢，一一抽掉胳膊，转身离开了，给人一种与他年龄不相符的决绝，让伊布的心瞬间凉了。

伊布欲言又止，呆呆地望着一一的背影，直到他出门走远，伊布才从嘴里蹦出几个字道，这不是骷髅头……

的确不是骷髅头，明明是一个哆啦A梦的大脑袋，很显然被一一误解了。这误解一方面是由于视觉误导，刺青时间长了，一直没修补过，因此，褪了颜色，同时，形状也走了样，乍看上去，的确有可能被误认，可就算看成一块馒头，也不该看成一个骷髅头；另一方面，说明一一戴着有色眼镜，压根儿没把伊布当好人，当心里反感一个人的时候，这个人所表现出的种种，都有可能被贴上负面的标签，一一顺理成章地将想象到的骷髅刺青联系到了伊布身上。

实际上，小臂上的哆啦A梦刺青，是伊布十年前跟周然一起文的，具体什么原因实在记不清了，貌似就是因为周然痴迷哆啦A梦，伊布才投其所好，两人凑了一对情侣款。

没多久两人离了婚，伊布记得周然说无论多疼都要去洗掉，现在看来肯定是洗掉了，要不然一一看到伊布的小臂时，第一反应应该是，咦，跟我妈的一样！

伊布将小臂伸给柜台小哥看，柜台小哥一秒钟就认出了哆啦A梦。这么说，难道一一是成心的？

伊布当然会不爽。一旦陷入大规模纠结之中，就习惯性地将一点小事不断放大，抠字眼同时场景回放，罗织出各种于自己不利的逻辑和结果，跟负面对号入座，让自我纠结成为自我折磨，整个人的情绪都down到了谷底，沮丧反弹而来的就是愤怒，莫名的愤怒，眼下，伊布当然想把火撒在一一身上。一想到一一，仿佛彻骨生寒的风以推动脊梁骨的强烈势头掠过，让伊布由外及内都好像被侵害过。

伊布照例在心情不爽的时候去找虎飞。进了门，就见虎飞着急忙慌地将桌上的什么东西收了起来，显得神神秘秘，看来是不想让伊布知道，伊布也懒得多问。

虎飞听完伊布所讲，以往他都是能劝则劝，口才好的人往往本着正面积极的倾向来开导告诫，可这次虎飞不知是吃撑了还是没睡好，竟然拍着伊布的大腿语气强烈地说，这孩子就是欠管教！ 哪儿有这么跟自己亲爹说话的？家教有问题！这孩子流着你的血，你可不能再放任他了！

我以为你的态度会是，那又怎么样，还不是跟你一个德行，拽了吧唧牛逼哄哄，装逼装过了到头来就是傻逼……伊布真觉得虎飞会这么回答他。

虎飞摆摆手道，他让你难堪，你不是不爽吗？你不是有气吗？那就撒出来，别拿什么大人不跟小孩计较这样的狗屁话来绑架自己。你是爹，他是儿子，当爹的教训儿子，天经地义！

伊布还真让虎飞给撺掇起来了，眼睛一转，计上心头，便问道，对了，去年你不是买了一台造梦仪吗？拿出来让我用用！

虎飞皱起眉头道，你什么想法？

我考虑着，要不要给那小子设计一场梦，让他妈出现在梦里告诉他我才是他亲爹，让他无论如何也要接受我，听我的，按照我说的去做，当妈的说话肯定比我管用。伊布叙述完也有点没底气。

虎飞说，可问题是，造梦仪必须要导入梦境主角的照片和视频，尤其是她本人的面部特写以及录音，只有这些东西足够充分，系统才能够组合并模拟产生更接近真实的梦境角色，要不然，你怎么让他妈出现在他梦里。

伊布说，我俩离婚之前拍的照片视频，一点没留。

虎飞说，没足够多的素材，就是美国最先进的造梦仪器也没法模拟梦境，再说，说句不好听的啊，人家周然尸骨未寒，你就别打这个主意了。你丫不就是为了你儿子继承的那点遗产吗？ 你把孩子哄好了，让他答应跟了你，关系处得好，往后的事都好办，什么抚养权，什么并户口，那都好说。只要没人跟你抢这孩子，他迟早是你的，你也迟早能偷摸着用那笔钱。

伊布点头如捣蒜道，我知道，可我不要迟早，我得赶快！人讨债的可不跟我迟早。

那你也得一步步来！尤其要自己制造机会，以前你不是挺邪性的吗？要我说呀，你儿子不接受你，就是他心里什么都不在乎，让他妈给他宠坏了。虎飞完全一副过来人的口吻，最后几句话尤其刺激了伊布。

伊布来到一一家门前时，天色已经很晚了，一一早已进入梦乡，睡得非常踏实。

伊布打算按照老办法翻窗户进屋，却发现窗户上安装了防盗锁。

伊布摁了暂停，然后敲碎玻璃。进去后，伊布需要每五分钟摁一下按钮，从而让时间持续暂停下去，否则，哪怕只间隔一秒钟，防盗警铃都可能让自己暴露。

为了稳妥起见，伊布找到了电子警报装置，及时拔掉电源，还将装置背后的备用电源拆了下来。

紧接着，伊布分别去了保姆和司机的房间，打开了墙上的噪音隔离开关（2017 年底由日本生产的室内噪音隔离系统，开启后可以让整个房间彻底与外界声音隔离）。这样一来，就是在门外敲锣打鼓，屋里的人也可以一觉不醒。

一一尚在沉睡中，鼾声轻缓，安详得像一只温顺的猫，却被突如其来的一段重金属摇滚惊醒，整个人像是触了电，腾地一下从床上坐起来，只见灯光亮得刺眼，声音又大得刺耳，他一时分不清这诡异的声光电来自于梦境还是现实，迟疑了好半天，才意识到要去关掉音响。

一一惊魂未定，重新回到床上，将被子裹得更加严实。

可没过多久，音响再次聒噪起来，这次不是重金属了，换成了撕心裂肺的男高音，唱腔悲怆。

一一不耐烦地睁开眼，惊愕地发现连人带床竟被挪到了房间另一边，书架上的书不知什么时候被扔在了地上，衣柜里的衣物也散落一地，电脑里正在播放视频，被投影映射到了对面的墙上，一个可爱的婴儿正在大哭不止，其实那个婴儿就是一一自己，只不过他自己认不出来。

婴儿的哭声震得一一耳膜生疼，他冲过去要关掉电脑，慌乱中还被绊了一跤，脑袋险些撞在桌角上。扯断了电源之后，一切才消停下来。

一一声嘶力竭地召唤保姆和司机，却没有任何回应。他又抓起家庭呼叫器，里面的电池竟然没了。一切都太诡异了！

一一锁上房门，蜷缩在墙角，拿被子把脑袋蒙了起来。

可紧接着就听到了马桶冲水声，声音如此之近，分明就在耳边，一一忍不住扯下头上的被子，顿时傻了眼，自己竟然就坐在洗手间的马桶旁边！

一一完全凌乱了，哆哆嗦嗦站起身，突然透过镜子看到了一个披着黑斗篷的人！像是戴黑色面具，又像是被阴影遮住了脸，实在分不清是人还是鬼。

一一被吓得瘫坐在地上，甚至失去了惊叫的本能。

黑斗篷开口说的第一句话，竟然是让一一睁开眼睛，那嗓音像是用转换器处理过了，乍一听像机器人。一一不得不睁开了眼睛，却发现那黑斗篷不见了。

令一一更加惊愕的是，再仔细一看，自己竟然已经回到了卧室，之前地上还一塌糊涂，现在也瞬间归回原位。

一种突然而来的轻微眩晕，让眼前的景象飘忽不定，一切都变得很可疑。

紧接着，灯灭了，黑斗篷好像变成了另外一个人，身后闪现出一丝暗光，暗光逐渐变亮，将人体勾勒出金边，仿佛身后有金光万丈，颇为神圣。

一一逐渐看清这是一个身穿粗布长袍的人，个头不矮，留着长发，依旧看不清脸，只是端端站着，伴随着不知从哪儿冒出来的悠悠乐声，缓缓说道，孩子，你困惑吗？你迷惘吗？没有关系，我是上帝的使者，今天虽然不是圣诞，但我还是选择在这个难得的日子来看你。

一一定睛一看，这人竟然有点像耶稣，确切地说，是像耶稣那身行头，以前学校组织圣诞晚会时，话剧社扮过新约里的角色。

那人接着说，你知道我为什么专门来看你吗？

一一缩着脖子摇了摇头。

那人说，你是一个需要被帮助，需要被指点迷津的孩子。

一一大气不敢出一声，等待下文。

那人继续说，你不懂事，目无尊长，明明需要慰藉和帮助，却屡屡拒绝你身边出现的义人，拒绝你本该接受的施予和馈赠，这是很不应该的。

一一眼神里的惶恐似乎暂时消失了，小声问道，那怎么办？

对方回答说，其实，我这次来本是要惩戒虚妄不听话的孩子，你好比迷途的羔羊，只有改弦更张，迷途知返，方能得到解救。孩子，你要学会宽容，学会接纳，虽然你失去了父母，但是，还会有更爱你的人以让你意想不到的方式出现的……

一一专心听着，一条胳膊却在身后捣鼓着什么。

你干吗呢？对方问道。

一一回答，挠，挠痒痒。

对方便继续说，其实，我应该让你知道，你身边已经有了一个更爱你的人出现，只是你并没有在意，这个人就是你的亲生父亲。可能你不太相信，但事实上，他就是你唯一的生父。他年轻时跟你妈结婚，你妈生下了你，不到一年多，他们就离了婚。那时候他不太上进，也不懂事，整日酗酒，但是，即便对你妈再怎么不好，也不会让你少喝一口奶。离婚后，他离开了你，从你的生活里消失，那时你根本不记事，记不得你们在一起的日子，所以，你不会明白，甚至不想相信，事实上，你根本不了解他这个人，他真的可以很好地照顾你，给你你需要的帮助和陪伴。作为上帝的使者，我知道，他，会是个无所不能的好父亲。

话音未落，一一从背后抡起一根棒球棒，直接将“上帝的使者”抡倒在地。一棒子下去，对方已不省人事，而身后的柔光和圣歌还在幽幽地营造神圣诡谲的气氛。

一一打开大灯，揭开粗布袍的连帽一看，果不其然。

后来，伊布被紧急送往医院。

棒球棒是美国职棒大联盟的比赛专用球棒，是继父从美国带回来送给一一的礼物，上面还有著名球星罗德里格斯的亲笔签名，实际上，继父也不知道这人是谁，只不过在专卖店时见一堆人都凑跟前找他签，就也跟着签上了一个，回来跟儿子算有个说头。可惜，一一不感兴趣，球棒一直被压在床头的缝隙中间当填充物，用来稳定床头和床架，这次总算派上了用场。

伊布脑袋缝了八针，血也没少流，还轻微脑震荡，短短的一段时间内第三次入院，创下了人生里一个新的纪录。

医生告诉伊布最好再留院观察一天。伊布彻底清醒后，意识到昨晚那么折腾确实有些过了，他纳闷这股施虐欲是从哪儿冒出来的。

让伊布更担心的是，一一肯定又报警了，估计过不了多久就会有警察冲进来。

忐忑之中，伊布竟然睡着了，一直睡到了第二天上午十点，没等来警察，进屋的却是一一。一一坐在病床跟前，直勾勾地望着伊布，虽然表情严肃，毕竟是个十来岁的孩子，神色还是稚嫩的。

一一开口关切道，头还疼吗？

伊布虽然有点受宠若惊，但还是机警地说，又来套话，你袖子里不会有手机录音吧。

你就别当惊弓之鸟了。说着，一一抬起双臂，甩动衣袖。

我有几个问题想问你。一一说。

你问吧。伊布说。

你是怎么进的我们家？

就这一个问题吗？伊布问。

昨天晚上到底是怎么一回事？装神弄鬼，移行换位，你都是怎么做到的？

伊布叹了口气，说，你真想听？

医院对面就是一家咖啡馆，两人坐在了玻璃窗前一个比较私密的角落里，从这个角度可以对整个咖啡馆一览无余，窗外的街景同样尽收眼底。

一一面前是一杯热牛奶，伊布投其所好，做了同样的选择。

伊布伸长脖子四周环顾了一圈，然后像乌龟一样再把脖子缩回来，压低声音说，我说了你可不能告诉别人。

一一瞪大了眼睛，状态更像个小孩。

伊布没有顾忌范博士的告诫，露出了腕上的手表……

伊布将“暂停时间的手表”的来龙去脉毫无保留地告诉了一一，一一瞪大眼睛听完，然后说，你讲得很吸引人，不过我不信。

不信！？伊布反倒有了一种被愚弄的感觉，苦口婆心一般强调道，我这么说你都不信！？不信是吧，好，那我证明给你看！

说着，伊布将左臂伸到一一面前，右手在空中划出一道夸张的弧线，然后落到了手表上，大拇指与食指摆成了一个 U 型，像钳子一般卡在了表盘上。

伊布保持着这个动作，双眼紧盯着一一，用近乎仪式感的口气对一一说，看好了，接下来，就是见证奇迹的时刻……

这话听起来有些像前些年火过一阵子的台湾魔术师刘谦，不过，从伊布嘴里说出来，似乎更加虔诚。

“动一动指头，足以改变世界。”一句属于自己的 slogan（口号）从脑中蹦出来，伊布赶紧说给了对面的一一。

一一看傻了似的，眼睛都不带眨一下。

伊布得意地冲一一说，怎么样？感觉到了吗？

一一却没有一丁点反应。

伊布立刻意识到自己犯了个错误，这暂停钮一旦摁下去，会连一一在内也一块儿暂停了。

伊布只好恢复了时间，冲一一摇头道，有问题。

一一问，什么问题？

哎呀说了你也不懂，等我想想。伊布陷入思索中。

一一苦笑了一下，说，你想吧，我走了。

伊布赶忙拉住一一，道，别急啊！我一定能让你感觉到！

我已经感觉到了。一一说。

伊布一愣，问道，你感觉到什么？

一一回答，感觉到你耍我。

伊布不爽极了，难道就没法证明给一一看了吗？

让一一跟自己一样在时间暂停的世界里不受限制，关乎儿子跟父亲之间的信任，伊布从一开始就不想做一个会欺骗儿子的父亲，虽然，他是为钱才接近儿子，也一定不希望儿子知道。

伊布反复试着摁了好几次暂停按钮，不断变换方位，调整姿势，可以说上蹿下跳，每一次却都无功而返，伊布甚至还试过在时间暂停后，使劲摇醒一一，却也无济于事。

伊布不耐烦地骂道，bug（漏洞）！这是 bug！

一一犹如看了一出卓别林式的独角戏，伊布那积极的态度和急躁的情绪，竟带有几分稚气，滑稽又纯粹。一一开始相信伊布不是在逗着他玩，于是也开动了脑筋。

父子俩先后陷入冥思苦想之中，半天没说话。

不知过了多久，一一站起来道，有了！

一一抓起伊布的左手，吓了伊布一跳，伊布紧张得像是第一次被一一他妈牵手，甚至有些羞涩。虽说不是第一次被亲儿子牵手，但距离上一次至少要追溯到近十年前，一岁左右的一一用整只小手攥住了伊布的一根指头，步履蹒跚地走着。伊布个子高，甚至还要略微弯一点腰，把胳膊伸长，才能让儿子不用垫脚尖就够到他的手指，儿子仿佛在帮他把胳膊抻长，像是童话里的幻觉，让伊布有一种发自内心的感慨——这就是自己的骨肉，彼此间会产生一种心电感应，全世界都没有比他更独特的存在。

此时，一一严肃地说，我现在拉住你的左手，你用你的右手来摁按钮。

伊布不明就里，但还是照做了，时间再次暂停，一一仍旧一动不动，和之前的数次尝试一样宛若一尊蜡像，手紧紧地攥着伊布，这一刻，让伊布有些恍惚，那是一种似曾相识但又完全不同的感觉……伊布不想陷入这种情绪中，赶紧结束了暂停。

一一回过神，看来这么做还不起作用，便又说，换你抓我的手，抓紧了，然后再摁一次。

伊布没说什么，再试一次。

结果，这一次，这一刻，所谓的奇迹真的出现了。

整个咖啡馆瞬间变得寂静无声，所有人都停了下来，就在几步开外，有一位姑娘正弯腰从地上捡钥匙，衬衫的领口自然打开，形成了一个绝佳的观看角度。当然，一一还不懂这些。

伊布注意到一一的眼球蓦地转了一下，虽然很细微，但眼神明显灵动了起来，紧接着，一一腾地一下从座位上站了起来，像一个瞬间复活的蜡像。伊布松开了他的手，惊讶地说，我去！你也能动了！

一一睁大眼睛，一时说不出话来。

伊布既庆幸又诧异，道，这到底是为什么？！

一一顾不上回答他的问题，急切地在咖啡馆走来走去，挨着个儿打量每一个人，仿佛要进一步确认他们真的静止了。

此情此景实在太像梦境了。

一一随后说，我玩过一款比较冷门的 RPG 游戏，里面就有暂停行动模式，只有主使者本人拥有暂停能力，在一切都暂停的时候，只有他可以不受任何限制，但要是想让别人也摆脱限制，必须由主使者在暂停起始时握住那人的手，相当于被感染或者被导电的道理，然后，其他人就可以在静止的世界里跟主使者一样行动自由了。

竟然还有这样的游戏！伊布感到惊讶，心里却很佩服一一，不愧是他伊布的儿子。

一一兴奋地冲出了咖啡馆，迫不及待地冲向了一个全然陌生的新世界。

父子俩走在寂静无声的街道上，一一好奇地打量着每一个路人，就像是在端详博物馆里的稀有展品。五分钟暂停一到，一一就要伊布再摁一下暂停钮，那种感觉就像是小朋友一根接一根地问大人要麦芽糖吃。伊布见一一如此欢实，总算长出了一口气。

走累了，一一便走进超市随手开了一瓶饮料，接着推门走进隔壁一家高档沙发店，躺在意大利沙发上，美滋滋地喝着，惬意得有点肆无忌惮。

伊布跟着进来，坐在了对面。

一一突然开口道，你说你，有这么神奇的一块手表，想干什么干什么，你可以当个彻头彻尾的坏人，就像科幻片里掌握了超能力的大反派。

凭什么我就得当坏人啊，为什么不能当超级英雄？伊布不甘地说。

一一瞥了一眼伊布，说，我看你不像。

别逗了，不是我吹，自从我有了这块手表，我做了多少件好事我十个指头都数不过来。但凡有人拍一纪录片，先不说什么超级英雄，不接地气，在中国我起码是一真正的活雷锋，不但乐于助人，还主持公道，惩恶扬善，比雷锋干的事儿都全。

一一翻了一下白眼，说，哦哦哦，偷摸着溜进别人家装神弄鬼吓唬人也叫好人好事？

伊布辩解道，那哪儿是装神弄鬼！我当时想放一小段你一岁时的视频怀怀旧，试着让你感动一把，谁想到你直接把线扯了，这叫抗拒性反应过度。

一一追问道，那孩子是我？

伊布说，废话！

一一恍然大悟道，我压根没看出来！我从来没见过那段视频，你哪儿来的？

伊布强调道，我说了我是你亲爹，这样的视频，我那儿多的是，想看的话回头你去我那儿，挨着个儿放给你。

算了吧，我没兴趣。一一冷冷地说。

伊布有些尴尬，陷入了短暂的沉默，手不自觉地揉了揉脑袋。

一一突然又问道，知道你为什么挨了我一棒子吗？

伊布抬头说，你思维好跳跃啊！还好意思说，我让你识破了呗。

一一摇头道，我压根不信神，什么上帝使者，什么菩萨下凡，不信我就听不进去，听不进去，我就不耐烦，不耐烦我就……

就抡了我一棒子?

一一答道，其实我是想看看你扛不扛打，这么些天只有你围着我整各种幺蛾子出来，所以，很自然就可以把你对号入座……

伊布跟不上一一的节奏，更不知怎么接茬。他轻扶额头上的纱布，心说这一棍子挨得也算值，至少儿子跟自己面对面聊了这么多。

一一接着说，上帝的使者说得再多，不如拿出点实际行动帮我个忙。

伊布警惕地说，那得看什么忙了，我可不能把手表送你，这不是我的。

拜托，就应付一下期中考试！算了。一一不屑地摆了摆手。

伊布目送一一进教室。这是伊布第一次送他参加期中考试，感觉注视一一的目光都是温煦的。

开考后，一一就趴在桌上睡着了。监考老师以为这小子自暴自弃，竟然也没管他，反正一一在班里就是个令人捉摸不透的异类，做出任何表现都不算意外。

到了考试快结束的时候，伊布堂而皇之地走进教室摇醒了一一。按照约定，伊布握住了一一的手，三秒钟以后，一一被激活了，这是两人尝试并发现的规律，专门用来在暂停时态下激活想激活的人。

一一来到第二排最右边一个女生的桌前，拿起对方已经完成的答题卡，坐在一旁踏踏实实地抄了起来，也不用着急，有的是时间。伊布问一一为何选择这个女生，一一回答道，她是我们全班第二。

伊布纳闷道，为什么不抄第一的呢?

一一边抄边回答，第一是个男的，他就是跪地上求我抄我都不抄。

考完试，一一请伊布去胡同岔口的甜品店，说是犒劳一下他。伊布心里酝酿着无论如何也得提抚养权的事了，这时提正合适，不能再耽搁了，料想一一也没必要拒绝他吧。于是，伊布扒完杯子里最后一块冰果乳酪忽而开口道，哎，你觉得我这人怎么样?

一一不经意地答道，不太了解。

伊布说，了解总有个过程，不过有件事很重要，你应该知道吧……

伊布故意停顿了一下，把话尾留给了一一。一一却说，别跟我说你还想要一份冰果乳酪。不过我这儿管够。再来一份!

服务员领命而去。一一接着说，吃坏肚子可不赖我啊。

接着，一一放下手里的小勺倏地起身，跟伊布摆了摆手就走了，头也不回。伊布慢了半拍才追出了胡同口，眼睁睁看着一一让司机接走了。

伊布感叹这孩子也太不拖泥带水了，说请吃，真是吃完就走。囤到嘴边的话又生生让伊布给吞了回去，这一吞，就像进入胃里开始消化的食物，想再让它反漾上来，往往没那么容易了。

一周后，成绩出来了，一一这门竟然得了零分，也因此总成绩依旧在班里排进了倒数十名。巧的是，全班第二的那名女生也与他同病相怜。

原来，那位全班第二在填写答题卡时犯了低级错误，所有答案和题目号全部错位，改卷系统读取时直接判定答题卡作废。一一原封不动照抄，跟着倒了霉。

伊布哭笑不得，他想帮一一挽回败局，无奈手表只能暂停时间，没法倒转，他也不知该怎么安慰一一，生怕因为这事而影响了他们父子俩的关系，虽然这跟自己无关。

对于伊布来说，只要是为了一一，他都乐意之至，超过了刻意讨好的程度，恨不得做个鞍前马后的奴才。

学校公布了一对一篮球赛分组名单，一一被分配在高水平组，显然是被严重高估了。一一写好了退赛申请，刚走进体育组办公室，就被伊布摁了暂停给拽了出来。

伊布不解。一一称，其实自己对篮球没什么兴趣，之前不过是仗着身高被体育老师看走眼选去参加选拔，也怪伊布在训练赛中帮他赢了对手，要不然自己也不会晋级到正赛。

伊布说，那也没必要放弃呀！你放心，我会为你保驾护航的！

一一摇头道，不是那个意思，你不懂。

伊布言辞恳切道，我怎么不懂，我保证你一路过五关斩六将，让你在全校师生面前露一回脸！

果不其然，一一过五关斩六将，一路杀到了最后一轮。可想而知，赢的都不算好看，因为对手不是莫名其妙脱手，就是无缘无故滑倒，还有的带球带着就崴了脚，要么就是投出去的球竟然变成了三不沾，甚至会违反抛物线原理而直接飞出界外，每个对手都在劫难逃，不住地抱怨运气太差，差到邪了门，可又找不出什么原因，只能眼睁睁看着一一捡了一个又一个大便宜。

一一为此跟伊布讲过好几次，希望伊布别帮的太明显，拖对手后腿也别太过分，尽量搞得逼真一点，或者说，不要违反最基本的物理常识和自然规律。

可这个分寸确实挺难拿捏，有的处理在静止时态下是一个样子，到了进行时空又是另一种反应。还有一个现实问题就是一一本身水平也不怎么样，伊布若不冲对手使绊子，不下功夫帮到底，一一就很难顺利赢下比赛，他可是好几次上空篮都得不了分，唯一过得去的就是防守，有了伊布协助，对方根本过不了一一，再快的速度也能让他抢断下来。

直到决赛，一一却完全兴奋不起来了。相反，伊布却心潮澎湃，中学时就想成为流川枫一样的运动健将，可惜自己没那种天分，如今眼看就要让儿子替自己实现了，这种感觉其实也像在了却一桩夙愿。

比赛开始了，伊布一副志在必得的样子，可一一上来就拉伤倒地，表情痛苦极了，简直比刘翔退赛还要意外。

伊布没顾上摁暂停，第一个冲进场内，只见一一用双手捂住脸，完全说不出话，似乎要疼晕过去了。伊布索性背起他往医院跑去。

一旁的裁判老师忙问道，哎，你是什么人？

伊布头也不回地说，我是他爸！

到了医院一拍片子，一点毛病没有。伊布不信，非拉着大夫要他再仔细瞧瞧。实际上，一一压根就没受伤，他只是为放弃比赛找了个台阶，他不想再这么自欺欺人下去了，试想若自己真拿了冠军，于对手而言，就太不公平了。

伊布傻了眼，半天不知道该做何情绪反应。

儿子人没事，他本该松口气，毕竟安全第一，虚惊一场也结果不坏。可伊布就是觉得不爽，他期望儿子赢回一个冠军，让他获得同学和老师们的认可甚至是佩服，多少也给自己找点自我满足感，结果却有种被一一戏耍了的感觉，想当年意大利黑手党在美国砸重金好不容易捧出来一位明星偏偏在奥斯卡影后颁奖前放弃了提名和角逐，对，类似这个意思。可伊布也没法像黑手党那样惩戒对方，反正伊布真是捉摸不透这孩子。父子两人的关系似乎并未如预期拉近了多少，反而还蒙上了一层薄膜。

后来，学校公布比赛成绩，一一还是拿到了亚军，虽然有水分。但对伊布来说，总算有了一个过得去的结果，起码比抄错答题卡得零分好很多吧。

对一一来说，伊布背着他去医院，算是他第一次趴在一个成年男人的背上，第一次感受到男人的肩膀，真的是第一次，继父以前虽然挺疼他，却由于古板的性格导致他跟儿子没有那种如普通父子一般自然亲昵的举动。

跟伊布相处时间长了，一一倒觉得他这人没第一印象里想的那么讨厌了。伊布也几乎天天都陪伴着一一，他的心理就是，反正我没工作，反正我有手表，反正我饿不死，反正我得把儿子认了，至于以后的事，反正我有手表……

伊布这不是乐观，是习惯了在纠结和焦虑中给自己灌点鸡汤。他学着电影里保镖的样子伏于暗处，始终跟一一保持一定的距离，若一一有什么需要，或者伊布觉得一一需要他出现了，他便会出现，渐渐的，两人之间有了一种默契。

有一次，伊布在教室外等一一下课，正好撞见一个戴着厚眼镜的中年女教师在讲台上挤对答不出问题的一一，批评他连这么简单的题都不会，坐在这里简直是拖了大家的后腿，真不知道是努力不够，还是脑力不够，接着，还阴阳怪气地称一一那个篮球赛亚军是瞎猫碰上死耗子捡来的，一次性走完并透支了这辈子的狗屎大运，没那个实力就是得了第一，也是名不副实……

不知道眼镜女教师是不是在为其他遭淘汰的选手鸣不平，还是真为一一答不出题而气急败坏，总之，话说的难听得有点不可理喻。

一一低着头，直愣愣地站在那里，犹如深秋里的一棵孤立无援的枯树，风不停地吹，叶子哗啦啦地掉，想挽留，想自保，想反抗，都不可能，也不能叫逆来顺受，反正就是……没法形容了，反正伊布看不下去了！

伊布正要摁暂停进去，打算教训一下女教师，谁知一一竟然冒出了一句，我不过是答不出一道题而已，您犯得着说那么多不相干的事儿吗？您不过就是一教数学的，体育的事您也要管，您管得了吗？还有，我走的是鸿运还是狗屎运，运多运少，是先是后，又碍着您什么事儿了？您不会还懂卜卦看相吧？

全班所有人都被一一这一连串反击给震了，伊布也没想到儿子的嘴比他想的还要厉害，虽比不上诸葛亮骂王朗，但眼镜女老师的脸也已经给气绿了。

你竟敢回嘴！眼镜女老师瞪大了眼睛，手指着一一，指尖还在微微颤抖。

一一继续说，我还没说完，我觉得您缺乏对学生最起码的尊重，校长在大会上反复强调要尊重学生、以人为本，可恕我直言，您说的那些话，没有一句符合要求。

眼镜女教师两只手支在身体两侧，略显夸张，活像一个瘦版大力女水手，气憋了半天，硬挺着说，我看是你缺乏对老师最起码的尊重！校长怎么了，有本事你现在就把校长叫来！

一一听到这话，便乖乖离开座位，要往校长办公室去。

眼镜女教师惊讶地吼道，你上哪儿去？

一一回过头，平静地回答，去把校长叫来呀，听你的嘛。

眼镜女教师气得忍无可忍，抓起一大本教参书，朝一一扔了过去。

伊布及时摁了暂停，随后跑到了校长办公室，费了好大劲才用滑轮椅将校长本人推到了教室里，摆放在一一身前。

时间恢复后，只听“piā”一声，教参书结结实实拍在了校长大人的面门上。

眼镜女教师吓傻了，一部分是书砸在了校长大人的脸上，一部分是因为她实在搞不明白校长大人怎么会突然出现在教室里，比戏法里的大变活人还要诡异。她夹着胳膊肘哆哆嗦嗦凑上前跟校长道歉，一个劲儿地说，对不起，我没看见您在这儿，我砸的真不是您。

一一回头瞥了一眼窗外，只见伊布摆出了一个“V”字手势，一一点点头，表情依旧很酷。

在那之后的某一天，一一突然对伊布说，你说你是我亲生父亲，你拿什么证明？

伊布把嘴张成了一个半大不小的“O”型，好像压根不被接受的谈判被对方突然主动开启了。

这还不简单！我这儿有出生证明、独生子女证，还有跟你妈的离婚协议……伊布如数家珍。

一一反问道，难道不是去医院做亲子鉴定吗？

伊布意外地说，你还知道亲子鉴定？

一一说，电影里都那么演。

伊布乐了，他求之不得呢，这真要拜电影所赐。

亲子鉴定的结果出来了，没有任何意外。

伊布把鉴定书交给了一一，然后就去上厕所了。等伊布回来时，长椅上只有鉴定书，一一不见了。

一一趴在小沫她们家的阳台上，两人几乎保持同一个动作，胳膊交叉叠于胸口，倚着栏杆，一手托着下巴。小沫家处于高层，闹中取静，可以俯瞰整个工体、三里屯商圈，热闹的灯火和车流，让这里的夜晚也充满了活力。

一一和小沫在一块儿的时候，从来不会谈天说地，而是彼此安静地待着，甚至一起发呆，偶尔说上一两句话，然后，又陷入沉默。两人约定过，无论谁心情不好，都可以第一时间找对方倾诉。一一把亲子鉴定的事告诉了小沫。

小沫从屋里拿出一个望远镜，递给一一。

小沫问道，能看到什么?

一一边看边说，好多人啊。

小沫又问道，他们在干什么呢?

一一说，站路边，打不到车。

小沫说，如果是你，打不到车怎么办?

一一说，走回家。

小沫说，那如果有一个好心人开车来接你，你会上车吗?

不会。一一想都不想。

为什么呢?

万一他是坏人呢。一一回答。

小沫转过脸说，那我现在告诉你，开车来接你的人不是坏人，你会上车吗?

一一想了想，说，要是累了，我也许会，要是不累，我还会自己走。

小沫皱了皱眉头，然后缄口不语，直到一一放下了望远镜，也看了她一眼。

小沫才说，一一，其实，我挺羡慕你。

一一纳闷道，为什么？

小沫说，你起码还有两个选择。

什么意思？一一问。

小沫迟疑了片刻，欲言又止。

一一说，我知道你书读的多，讲出来的话和别人不一样。小时候我问过我妈，为什么有人说我和我爸长得一点也不像，我自己看镜子也觉得不一样，我妈却说，其实你和你爸很像，不仔细看是看不出来的。后来，我无意中从别人那儿听说，我以前还有个爸爸，他跟我妈离了婚，不要我了。我去问我妈，我妈却说，嘴长在别人脸上，爱怎么说怎么说……我妈还告诉我她跟我当时唯一的爸爸是怎么相爱然后生下了我，我当然信她的话了。当时我妈是看着我的眼睛说的。

小沫目不转睛地听着。

一一继续说，我讨厌称什么善意的谎言，谎言就是谎言，为什么我一直躲着伊布，我觉得他骗人，我……

一一说不下去了。

小沫说，那，现在你相信他了吧？

一一说，只是我，我……

小沫接过话头，说，只是你不知道怎么面对吧。

一一没有回答。

当一一回到家，家门外停着一辆警车，所有人都在找他。伊布脚下是一堆烟头和好几个空啤酒罐，他激动地一把抱住一一，说，还以为你被人绑架了呢！

这种时候竟然还喝酒，估计只有伊布干得出来，看样子酒量也不怎么样。一一想。

为了哄一一开心，伊布会带他躲进时间暂停的世界中去。

徜徉在时间暂停的世界中，伊布可以带一一去这个城市的任何地方做任何事，去吃任意一种美食，去泡北京最高档的温泉，去睡五星级饭店套房里的大床，或者溜进一家跑车店，物色一辆跑车开出去过瘾……

任意走进一个大商场，撒开了欢挨家挨户扫货，想要什么拿什么，平日里买不起的东西现在都不在话下，任意走进一家商铺，奢侈品牌的衣服随便试穿，试衣间都不用进，即便旁边全是人，也完全不必顾忌，喜欢了就装在袋子里拿走，唯一麻烦的是每件衣服上有电子锁扣，伊布只能到柜台前亲自将锁扣拆下来，虽然费点事，可就是有一种当家做主的感觉。

但一一对穿着打扮和物质享受并不在乎，伊布一时也拿捏不准他的喜好，问他他也不讲，伊布只好试着带他上漫画书店和进口玩具店逛逛，再不行还有电子体验馆和卡丁车场，可一一依旧没多大兴趣。伊布琢磨了一番，估计是一一这种比较高冷的孩子不愿随大流，难不成他还会对人工智能或蒸汽朋克感兴趣？可一一还是一副爱答不理的样子。

一一告诉伊布，高大上和非主流，他早腻味了。

伊布想起之前去过一一的卧室，一一却告诉他，他看到的都是假象……

伊布送过的几乎所有东西，都不是一一的菜，比如，小提琴是小时候继父逼他学的，早厌恶了；那些飞机模型都是航展上头脑发热买的现成货，回来自己碰都没碰过；至于柜子里那么些公仔和玩偶，不过是一个玩具进口商为讨好一一的继父，逢年过节没事儿就给家里送各种新推出的玩具，一一不喜欢，就全堆在了柜子里……

怪不得呢！

伊布恍然大悟，随后追问道，那你就没有感兴趣的东西了吗？

一一随便举了几个例子，伊布听完就愣了好半天。

伊布摁了暂停，跟着一一溜进地铁司机驾驶舱，躲在司机身后的备用仓里，时间一恢复，一一总算能够体验一把地铁司机的感觉了。长长的车体穿过幽暗的隧道，伴随着一束束光点，像是钻进了深不见底的黑洞，单调的视觉伴随单调的轰鸣，令人误以为在穿越，从逐渐加速再逐渐减速，进站时能够看到站台上整齐划一的人群，与驾驶汽车类似的视角，感受却完全不同，甚至有一种检阅平民的优越感。对于伊布这种挤地铁挤恶心了的人，闻到那种味都浑身肌肉紧绷，像是做好了随时在车厢里跟人肉搏的准备。他不明白一一为什么一直以来都想圆一次地铁司机的梦。

考虑到安全因素和现实操作性，伊布最后还是没让一一亲自上手驾驶，不过他带着一一沿地铁轨道一路摸到了地铁库和维修厂，让一一算是开了眼。

此外，一一还让伊布带他去了一趟平时根本进不去的机关大楼和部委大院，去看一下武警把守的大门里到底都有什么特别之处。这一点伊布实在是服气得没话说。

最令伊布意外的是，一一竟然喜欢看恐怖片，什么《午夜凶铃》《咒怨》《招魂》对他来说如同挠痒痒。一一逼伊布带他去了去年才开的一家亚洲最大的恐怖片放映中心，溜进了如同收藏馆一般考究的片库，专挑最吓人的片子放，强烈的视听刺激迫使伊布紧闭双眼同时捂住耳朵，而一一却有滋有味，大饱眼福。

这让伊布对他刮目相看，一一也知道了伊布的软肋。

此后，两人甚至在暂停的世界里玩起了寻宝和捉迷藏的游戏，设立了一套他们自己的规则，比如，事先在一座写字楼里划好各自的区域，在各区域内藏好一个“宝贝”，然后关闭定位系统，两人同时从距离相等但位置不同的地方出发，分头去找对方藏好的“宝贝”，比谁先找到，在找到“宝贝”的同时，还要借助静止的人群及各种物体做掩护，或施用障眼法，不让对方发现自己，否则，就算失败。

再或者，选一个人群密度较大的商场，暂停时间以后，由一个人隐入人群之中，跟其他静止的人一样扮作蜡像，可以乔装打扮以混淆视听，而另一个人必须在三十秒钟内发现破绽，找到对方，找不到或者超出时间，也算失败。

除此之外，还有好多种游戏方式，都是两人摁暂停没事瞎玩儿出来的，玩儿到最后，伊布觉得两人也真够无聊的，而一一却道破玄机，称是因为两人既没想象力也没创意，所以才想不到更有趣更刺激的点子。

但无论如何，暂停时间的手表改变了伊布的生活，现在也正在改变一一。伊布不再去考虑垮掉的公司、欠下的巨额债务，还有前途未卜的未来，似乎眼下的一切都被这块手表粉饰成了天下太平，也因为儿子和继承遗产的出现令他找到了一大座靠山，伊布开始相信，事情的发展规律就像他和一一的关系，迟早会向越来越好的方向发展。

校庆就要到了。一一从来没想过，校庆这么不酷的事物竟然有一天会和自己扯上关系，实际上，一一此前甚至没有校庆这个概念。

这一届校庆，校方不想重复以往春晚般的歌舞宣教以及主旋律基调，校长号召大家，要推陈出新，要奇思妙想，最起码要跳出文艺汇演的规格，最好是搞成一个不彩排、不指派、不审查，谁都可以上去展示的大 party！

林好老师想到了一一，便鼓励一一也准备个节目，希望借此拉近他和同学们的关系，并要求伊布多多配合。伊布当然乐意之至，表示鞍前马后不在话下。

一一对这种活动本身是不屑的，觉得人一上台就成了被观众戏耍的猴儿，不过是为了博人一乐，可自己明明闷闷不乐，为什么要屈就自己成全别人？

伊布琢磨出一句等量齐观的话，说，观众也可以成为被你耍的猴儿啊！

被人耍，某种程度上类似于受虐，耍别人，相当于施虐，不喜欢受虐的人起码可以选择施虐，被人撩骚不愿意，撩骚别人就来了兴致。

一一后来也不知怎么说服了自己，开始主动跟伊布研究起魔术来。在伊布眼里，魔术酷就酷在玩完拉倒，绝不解释，显得很man！

关键是，有“暂停时间的手表”在，还用担心变不出好魔术吗？这让伊布和一一信心满满。

两人前前后后想到了二十多种魔术，个个都需靠“暂停时间的手表”来实现，说白了就是最原始的办法，趁所有人都被暂停的时候，更换或移动道具，想怎么夸张都行。

伊布提出，从最简单的戏法开始，比如从帽子下变出一只兔子，从手绢后摸出一束鲜花，从什么变出什么……越想越觉得没劲，自己都没了底气。一一也觉得这种模式本身就很俗套，即便变出一只大象，也不足为奇。

伊布紧接着说，你要真弄来一头大象，那当然也厉害。

一一说，可根本弄不来啊。拜托，有点别的创意，好吗？

伊布在一一的启发下，琢磨出了好几个点子，一个接着一个被一一否了，可他不灰心，经过了好几次否定之否定，终于获得了肯定，两人捋出了一套相对完整的方案：

先搬一张大圆桌上台，随机请上来八位师生，要完全随机，绝不内定，然后让这八个人围坐在桌前，每人在面前的小纸片上写下一道自己最想吃的菜，无论冷热荤素，花样越多越好。写好之后收起来，交给一位所谓的监督老师。一一不用看小纸片上写的什么，只需观察每个人的眼神，就能够猜出他们想吃的菜，并从混在一起的纸片中找出他们各自所写的那一张，这只是前戏。紧接着，一一会将八张小纸片分别放在八个大小不同样式各异的盘子里，再将一大面红布罩在上面，遮得严严实实，根本不能看到红布下有任何动静，这时，一一再来吊观众的胃口，说些片儿汤话，卖卖关子，渲染一下气氛，这虽然不是一一的长项，不过有一个险些以逗贫卖嘴为生的父亲的基因打底，应付一下还是没有问题的。

一直到大伙的胃口被吊足了，再不抖包袱恐怕就要崩溃之时，一一揭开大红布，只见桌上赫然躺着八大盘热气腾腾的精美菜肴，接着，还可以请观众轮流品尝，从而进一步活跃现场气氛。亟待落实的就是找八盘刚出锅的菜，还得跟那八位写的菜名一致。一一觉得只要和伊布配合好，这都不是问题。

然而，伊布却并不满足，认为这只是魔术表演的开场白，还得有第二、第三部分，起码得凑出一个三段式，才能在广大师生中引起更大的反响，说到底，这是为了一一好，既然有手表用，干吗不用到底呢。

第二段魔术自然要上点难度了，“大变活人”虽然传统，但最为适宜。伊布说服了一一接受他的设计，可变谁呢？当然是变校长了。校长不是那种生性死板善打官腔的干部，而是一位无拘无束的少壮派，风趣幽默，不拘一格，很受师生们的喜欢，若他能上台配合一一表演，对一一来说可是一次长脸的机会。

“大变活人”的程序是这样：先请校长上台钻进一个柜子里，一一关上门，连说带比划一番，故弄玄虚，完后再打开柜门，校长就不见了。在全场的惊讶声中，一一抬手，大伙儿顺着一一手指的方向望去，只见被追光聚焦打亮的校长从会场最后一排的座位上起身，向众师生挥手致意，可以想象潮水般的掌声伴随背景音乐而起，将活动推向高潮。这掌声是给校长的，更是给一一的，不过此时，一一还需说一句话，谢谢校长，这就是我们的奇迹，我们的学校，也将在校长的带领下创造出更多的奇迹！

听了伊布声情并茂的叙述，一一觉得，最后那几句画蛇添足了。

伊布颇为得意地说，这叫紧扣主题，为校庆献礼！

一一说，拍马屁。

伊布争辩说，这哪儿是拍马屁，我这是在教你在合适的场合说该说的话！

一一说，完全不是我的风格啊。

伊布说，也完全不是我的风格！但你得说，校庆嘛，谁都愿意听好听的。

一一懒得多说，转而问伊布第三个段落怎么考虑。

伊布有点口若悬河地介绍起第三个段落，那自然是压轴大戏了，要想做到出彩，就得玩个更大的，把所有在场的师生都当作魔术变了。

一一瞪大眼睛说，把所有人都当作魔术变了，这话说得好！那么，不如把会场里所有人，全都挪到操场上去？

伊布想了想，皱起眉头说，理论上可以实现，实际上相当于搬近千袋面，这么庞大的搬运作业，即便没别的工具，最最最起码还得派十来个工人搭配小推车，可就你我两个人，怎么干？你小子也真敢想！

一一想了想，说，礼堂外就是操场，没几步路啊，你觉得真就咱俩搬，要花多长时间？

伊布粗算了一下，说，我自己搬一个人最少得花五分钟来回，一小时搬十二个人，十个小时搬一百二十人，一百个小时搬一千二百人，也就说，我一个人搬空礼堂所有人，得花最起码四天时间，加上你，分担去一半的量，至少也得搬两天。不吃不喝搬两天，你觉得这现实吗？

一一没有说话，两人都沉默良久。

后来，又经过两人的反复论证，还是觉得行不通，伊布转而考虑了其他几类魔术设计，还是存在不少 bug，也都被一一否了。最后，两人决定，宁缺毋滥，干脆不要第三段了。

伊布本来担心一一会责怨他知难而退，事实却没有，父子俩在这个问题上谁也没有强人所难，三段式没有就没有了，没必要像编写好莱坞类型片剧本一样，明明很难再有最后一分钟营救的戏码，非得来一个圆满的闭合式大结局，把进阶的过程烘托到最高潮，其实，求全有时也会陷入一种模式，这恰恰是伊布和一一都懒得去深究的。

校庆当天，整个学校沸腾得几乎蒸发掉。

魔术表演非常成功，如伊布所说，一一戏耍了全校近千名师生，实在是一件令人亢奋的事！全场的欢呼和掌声不绝于耳，有女生甚至像追捧歌星一般冲一一尖叫，一一感觉被扔进了密度极大的蒸汽之中，从里到外都被湿热所浸透，给他从未有过的快感。

当晚，两人出来庆祝一番，伊布内心希望彼此说些掏心掏肺的话，不想再像上次在甜品店那么草率了。一一选了以前常跟他继父光顾的一家高档法式餐馆，人均消费在四千块还要往上。

伊布要请一一，却被一一抢了先。一一说，你忙前忙后，立了大功，今天一定得我请你，不要用你那块手表了，就我自己掏钱，吃得硬气！

说着，一一扬了扬手里的白金信用卡。

伊布也只好恭敬不如从命，算是先期感受一下被儿子养的感觉。一一给伊布要了一瓶法国红葡萄酒，端出来时，酒已经醒好了。伊布不懂品酒，端酒杯都小心翼翼，整个人文质彬彬了不少。伊布自言自语道，早知道就搞一身西装来了。

两人边吃边聊，入口花样太多，量又严重不足，伊布也记不住吃的是什么，反正是干的就当馒头往嘴里塞，稀的就当鸡蛋汤往嘴里灌。至于聊什么，伊布想到了一个一一绝对不会拒绝的话题，那就是他母亲。伊布甚至瞬间想好了从和前妻的相识开始讲起，联系到一一的出生，再多举几个细节生动的例子，强化父子这一情感关系，声情并茂娓娓道来，相信一一内心也会产生触动，从而对伊布敞开心扉吧。

谁知伊布刚一开口提到前妻，一一就说，打住，你要提她我就吃不下去了。

伊布诧异道，为什么？！

一一说，今儿晚上高兴，先别提我妈了，好吗？

伊布还没开始话头就被无情地掐掉了，伊布觉得不可理喻，心说难道他妈跟高兴有抵触？但表面上只能“哦”了一声。

此后，伊布没能把话题引到自己想说的内容上来。

一一将信用卡递给服务员埋单的举动让伊布的心凉了大半截，原本打算就着今晚那股热乎劲儿，把还债的事跟一一摊牌，在他看来两人的关系已经到了可以把话说开的地步。俗话说救急不救穷，伊布急需这笔钱一方面为了还债，一方面为了挽救公司，全是火烧眉毛的正经事，料想一一不会见死不救，反正伊布一直是这么一个相对乐观的逻辑。

现在看来，有求于人的时候乐观，绝不可取。

就在伊布以为错过了今晚这一契机时，一一却递给了伊布一个扶梯，主动问起了他的工作。伊布受宠若惊，毫不犹豫地抓住了这个话题，从自己在网络公司做视频节目主播谈起，提到自己投公司赔钱负债的过程，以至于目前只能租房住在一间小公寓里……

伊布恨不能渲染出字字是血、句句是泪的效果，却浮夸不起来，反倒更在乎一一的反应，每说一句话都要揣摩一下一一表情背后的涵义，以至于自信全无，赧然止口，自觉活像个抱怨不停的怨妇。

一一轻描淡写地说，我爸以前说过，钱能解决的都不叫事儿……

显然这个“爸”指继父，伊布竟有一种吃醋的感觉，甚至有要纠正一一称呼的冲动，不过，旋即作罢。

紧接着，一一说，你要实在有困难了，也别钻牛角尖，其实……

伊布几乎要窒息了，仿佛一一嘴里即将吐出一支大金钥匙，即便这不过是一出好梦，也渴望好梦成真，不要被阻断，突然间，服务员不识趣地把梦叫醒了。

服务员略带歉意地打断了一一的话，对他说，不好意思，您这张卡没法刷。

一一诧异道，怎么没法刷？以前一直在用，你再试试。

服务员为证明自己的正确，POS 机现场试了好几遍，都没有任何反应。一一不耐烦地又从包里掏出了其他几张卡，挨个儿试了一遍又一遍，出乎意料的是，全部歇菜。

一位西装革履的餐厅经理凑到一一耳边悄声说，对不起，少爷，令尊给您开办的这几张卡，目前都处于冻结状态。

一一瞪大了眼睛，说，冻结！？你胡扯！

餐厅经理说，不好意思，您先别急，我也不清楚具体是什么原因。这个恐怕得跟银行方面去咨询。

餐厅经理瞥了一眼伊布，低声跟一一说，要不然，您让这位先生买单？

一一骂道，靠！怎么可能！？我不管！你们再试试！

餐厅经理尴尬地搓着双手，露出一脸为难的笑容。

伊布二话不说，立马摁了暂停，抓过一一的手激活了他，劝说道，刷不成就不刷了呗，你可不能学着说脏话啊！

一一回过神道，哎呀，你干吗摁暂停？

伊布说，你何必跟他们较劲呢！

伊布索性拉着一一的手开溜。一一耿耿于怀道，说好我请你的，又成了你请我！

伊布说，别纠结了，不是我请你，是这块手表请的你，不对，该算范博士请咱们。

一一白了他一眼，道，公然带未成年人吃霸王餐逃单，还给自己找借口，这么大岁数了就这么给孩子起表率作用吗？

伊布知道一一故意在逗他，冲他的脸蛋狠掐了一把。

从大厦出来，又小跑了两条街，伊布才放心摁了恢复钮。两人坐在一座大理石喷泉池边喘气，望着三环上川流不息的车辆，忽然，伊布对一一说，还想吃点别的吗？

一一茫然道，吃什么？

伊布带一一去了一条很老的胡同，连一一都感叹这么原始的胡同还能保留下来，实属难得，按理说得感谢政府。路边的一家门脸不大的小平房亮着灯，这个点了还坐满了人，水蒸气将整个玻璃糊得严严实实，热腾腾的氛围甚至能感染室外正承受寒冷的路人。

两人挤进去在一张窄桌前大口吃起了涮羊肉，就光闻着那芝麻酱和辣椒油，就让伊布从内到外都舒坦，他闭着眼睛咀嚼着，不停地从鼻腔里发出拉了长音的“嗯”，这种满足感是西餐给不了的。伊布睁开眼伸筷子去锅里夹肉，却夹不上，再一看，肉都跑一一碗里去了。一一不顾刚出锅的羊肉烫嘴，在佐料里滚上一圈就入口吞下，看着就起劲。伊布说，怎么你也跟晚上没吃东西似的？

一一眯着眼睛边嚼边说，过瘾！

伊布说，瞧你这馋死鬼托生的德行，咱俩必定是爷俩！

一一被一口辣汁儿给呛着了，赶紧抓起杯子往嘴里灌，一口下肚，整个人猛地一个机灵，脸瞬间就红了。伊布不紧不慢地说，你干吗喝我的小二呀？

一一狰狞道，这不是我的杯子呀？！

伊布将一一那杯雪碧推到他跟前，咧开嘴笑了。

从涮肉馆出来，已是深夜。伊布喝多了，一一错喝了一杯小二，也让他酒不醉人人自醉，两人搂在一块儿，步履蹒跚，消失在了胡同尽头。

两人都没矫情，没借酒劲说些肝胆相照的话，完全没有。伊布一时也没再想要钱的事，纯粹轻松的状态对于他和一一来说都难能可贵，不该被别的东西影响。

让伊布倍感意外的是，一一说他长这么大还是第一次在胡同里吃涮羊肉。

让伊布受宠若惊的是，一一竟劝伊布搬到他们家去住算了，反正那么多房间，空着也是空着，省得他还得掏钱租房子住。

这幸福来得是有点突然，伊布心里乐开了花，表面上却还是象征性地推却了一番，直到最后，才欣然答应。一想到去住那么大一栋豪宅，伊布就有一种苦尽甘来的感觉，不是他没见过世面，而是因为这足以说明一一认可了他，愿意和他更近地相处。这一步落实到位，要钱的事就更不在话下了。

夜深了，风还吹着，北京的春天说来就来，说走就走，风里的寒意越来越少，似乎正在向下一个漫长的季节过渡，也正契合着伊布的心情。

第二天中午，伊布在公寓里收拾东西，下午他就要搬到一一那里去了。来帮忙的虎飞羡慕得不成样子，人往往是嫁入豪门，他伊布却是认儿子认进豪门，连虎飞也觉得自己有了一个靠山，伊布吃肉，总不会让自己喝汤吧。

哥俩东一句西一句扯着闲篇，好久都没有这种轻松到随时会飘到空中去的感觉了。

这时，手机响了，伊布正忙着手里的事，一看是座机，就让虎飞帮着接，估计是地产中介的人要来收钥匙了。虎飞接听后，很快就把电话递给了伊布。

伊布还有些不耐烦，一听才知道电话那边是一一。一一在电话里说到底就一个意思，让伊布不要过来了。

伊布蒙了，他听得出一一的语气，一定不是开玩笑。

这个突如其来的变化，跟编剧设计好的情节一样急转直下。刚才还想飘到空中去呢，猛一下就被拽到了土里。

伊布赶紧打电话给林好，林好听起来已经知情了，她犹豫了一下，略带惋惜地告诉伊布，一一继父的公司之前就被查出了经济问题，据说跟几起高层贪腐案件有关，他继父本人脱不了干系，立案调查开始后，被冻结了全部财产，据说很多都属于赃款，一一也被要求在一个星期内搬离那栋房子……

伊布愣在那里，过了好久才放下电话，然后瞬间卸掉了全身的力，像根旗杆一般直着扑倒在床上。这是他的习惯性动作，要么太兴奋，要么太焦虑，总之，伊布喜欢扑倒在床垫上那一瞬间具有弹性的冲击感，然而此时，他忘了床垫早已被自己撤走了……整个人竟直愣愣地拍在硬床板上。

一一被林好接走，暂时住在她们家。林好单身，跟父母住在一起，正好也能帮着照顾一一。一一还小，只知道是由于继父做错了什么事，政府惩罚不了死人，就来惩罚他，因此他心里是有些许负罪感的。

直到第三天，伊布才去找一一，确切地说，是林好叫他来的。伊布清楚自己去晚了，按理说他应该第一时间赶到一一身旁，只是他内心太过纠结，愿望落空所带来的巨大落差，让他甚至有些一蹶不振，不知该如何面对这样尴尬的局面。

伊布真的需要好好想想。

当他走进林好家时，只见一一呆立在那里，耷拉眼皮，视线朝下，睫毛又长又卷，真是继承了伊布，打小就有人说伊布这孩子睫毛恨不得能当刷子使。

伊布俯下身，抱住了一一，说，一一，爸爸来晚了。

一一推开了伊布，什么也没说，转身就走开了。

林好在一旁低声冲伊布说，他的情绪还算好，就是不愿多说话。

伊布犹豫了片刻，告诉林好自己决定带一一回去。

林好的父母要留伊布在家吃饭，伊布婉言谢绝了。

一一收拾好了东西，跟着伊布离开了。林好的父母没有挽留，老两口不了解那么多前史，只知道伊布是孩子的父亲，既然是父亲，无论如何都应该照顾好孩子，把孩子领走则无可厚非。

回到小公寓，伊布感觉和一一就像两个被世界遗弃的人。即便有这么个遮风挡雨的住处，光遮风挡雨是不够的，因为屋子里空荡荡的连坐的地方都没有，桌椅沙发都被伊布以最快速度卖掉了，当时伊布急切地想要搬到一一的豪宅里去，差点连房子都退租了。

眼下，伊布只好让一一先坐在床板上，这是唯一剩下的家具了，连床垫都被伊布随手送给捡破烂的大爷了。

一一坐在床板上，问了伊布一句，这上面也能睡人？

伊布不耐烦地说，真的假的，连床板都没见过？那接下来你是不是要说我这屋里不如你们家洗手间大？

一一表示认同道，好吧，的确。

你！伊布瞪着他欲言又止。

一一忙说，那可是你说的啊。

伊布没脾气，干脆一屁股坐在地上，拿手机打算列个清单，重新添置家具等生活用品，至少他还有块手表，买东西可以不考虑成本。

可他突然发现手机上有三个未接来电，属地上海的陌生号码。每当看到陌生号码，伊布都感到一种不安，往往不会理睬，宁愿等对方再打进来，可这次他竟然主动拨了回去。

原来伊布认识对方，只不过八年多没见了，是前妻周然的姐姐，叫周什么来着，周冰还是周清，或者周星，反正是ing，伊布记不清了，叫大姨子更直接一些吧。

大姨子说话开门见山，称她明天飞机到北京，跟她一块儿来的还有自己的私人法律顾问，她们专程来是想找伊布好好谈谈，希望伊布能让她把一一带回上海，跟她一起生活。

对方没有一句废话，伊布当然听得出来，跟电视剧里演的类似，娘家人来争孩子，还是有备而来，丝毫不收敛那种志在必得的强势劲头。

伊布只是回了一句，你怎么有我手机号?

对方顿了一下，回答说，要找到你其实很容易。

挂了电话，伊布好半天才回过神，总觉得大姨子这最后半句话有点摆谱的意思，背景多深厚似的。

晚上，伊布去找虎飞，顺便带上了一一。一一到了虎飞家就趴在大玻璃缸前观察虎飞养的蜥蜴和热带乌龟，两个大玻璃缸因地制宜，一个内置绿植一个内置日光，吸引了一一全部的注意力。

伊布在阳台上闭着门跟虎飞念叨着大姨子的事，专门避开了一一。

虎飞跟伊布说，亲爹是什么?亲爹就是在这个世界上除了他妈之外，跟他最亲的人!

那你怎么解释，有奶就是娘呢?

虎飞被伊布冷不丁一句给噎住了，想了半天，才说，你伊布有奶啊，又不是没奶，只不过你的奶暂时还不够，质量也差点意思……

瞎扯淡!伊布不屑地打断了虎飞的话。

哎，那你大姨子的奶肯定不错哦……虎飞一脸坏笑。

去你大爷的！伊布骂完也笑了。

虎飞接着一本正经道，她要的就是一一的抚养权，这种事儿我见多了。就算你是亲爹，可人家要真打起官司和你争，法院判的时候，也要看实际情况，她各方面条件都比你好，这就是优势，保不齐底下再耍点手腕，给你贴几个不良标签，让法院觉得你不适合也没条件养一一，再加上一一跟你也没什么感情，这孩子指不定就真被你大姨子抢走了，到时候看你怎么办？

虎飞这一番话，让本想来找点慰藉的伊布更是百爪挠心。伊布赌气似的说，抢呗，我不在乎，留着还是累赘呢。

虎飞说，你行了吧你，那可是你亲儿子！

伊布没好气地说，亲儿子怎么了，他又没叫过我爸。再说，遗产都指望不上了，我哪儿还养得起他？

殊不知，一一此时就站在阳台的推拉门后面。

夜里，伊布听见一一在被窝里轻轻抽泣，以为他做了噩梦，轻轻拍打着他，想说些关心安慰的话，一一却始终不肯把脑袋露出来，被子裹得像木乃伊似的，伊布只好躺在他身旁。等他彻底安静了下来，伊布再也睡不着了，索性翻身起来，穿衣服下楼，漫无目的地在街上走，呼吸着稀薄的空气。

伊布在心里反复纠结的是，遗产没落下，却多了个儿子要养，紧接着大姨子又来抢人，伊布本可以就坡下驴，让大姨子把一一领走得了，可此时伊布又于心不忍，脑袋里总有一根“当爹不卖亲儿子”的弦；既然不忍心，那就把大姨子打发走，这势必又要跟大姨子展开一番博弈，得真有办法和底气才行……种种麻烦，让伊布不知该怎么决定，而且无论做何决定，他似乎都没了信心。

当伊布终于感到一丝疲倦的时候，天色不知不觉被稀释浅了，伊布不想错过这由黑转白的转瞬即逝，于是他摁了一下手表上的按钮。

伊布步上了长安街人行道，又沿着行车道一路走上了建国门桥。视野里没有人影，车辆稀少，一切充满凝重感，一座空城正在静谧中等待未知的裁决。

当伊布见到大姨子本人的时候，她一点也不像之前想象的对方是游戏打通关前最后面对的大 boss，看来伊布记忆里对大姨子的印象还停留在一个相对妖魔化的阶段。不可否认的是，大姨子虽然年近四十，但姿色还在，保养得非常好，无论气质还是装扮，都要比传统意义上的土豪显得有品位，眉眼之间跟前妻周然还有点像。

大姨子开门见山，问道，一一怎么没来？

在家呢。伊布回答。

不是说好了一块儿过来吗？大姨子显然不爽，一屁股坐在了沙发上。

在家写作业呢，死活叫也不出来。伊布边说边故作轻松地向后一靠，没想到这种沙发靠背太矮，坐垫又太长，差点没给腰闪着，他及时调整了坐姿，保持最起码的从容。

大姨子抓起手机要拨电话，伊布便说，关机了，是我要求的，写作业不能打电话，要不然专注不了，会影响学习效率。

大姨子吃了哑巴亏似的没再追究，这就算两人寒暄过了。与此同时，伊布观察到大姨子身后不远处的另一桌还坐着一对男女，女的着套装，男的则是西装戴眼镜，年纪虽然相仿但一看就不像情侣关系，看来是大姨子的随从助理之类的。

大姨子接着说，你别跟我耍滑头，我就是为孩子来的，提前招呼都打了，何况今天是周末，你却不让我见他。

没说不让你见，你担心什么！伊布一副无所谓的口气。

大姨子顿了顿，说，我打算在北京待半个月，跟各种朋友见面，参加一些活动，我想带上一一，让孩子见见世面，也让我这个当大姨的跟孩子相处一下。

伊布说，我可提醒你啊，一一有过敏性哮喘，要注意很多，你做好心理准备。

放心吧，我又不是没带过他，我有经验。大姨子说。

伊布说，那您自己的孩子也一块儿带来了吗？到时候可别欺负我们家一一。

大姨子没好气地说，看来你是真不了解，我跟我老公没孩子。

伊布转而做出一副挺遗憾的表情，说，哦，怪不得呢……

怪不得什么？别以为我要一一就是为了弥补我自己，这么说吧，你和我妹妹离婚已经这么多年了，你和我们家本身就没有任何关系了，包括跟一一。当初是你主动不要他的，白纸黑字可都还在，现在我妹妹死了，一一没了母亲，也该由我这个做大姨的来抚养他，我会像我妹妹一样疼他，尽母亲的责任。

伊布呷了一口咖啡，说，我明白你的意思，不过，一一是我的亲儿子，你凭什么认为我一定会听你的呢？

说白了，你和一一之间除了血缘，再没什么关系了。大姨子说。

凭什么你说什么就是什么？太逗了吧。一一现在住我这儿，是我养着他，我是有监护权的！伊布理直气壮地说。

大姨子笑了笑说，监护权和抚养权是两个概念，再说了，你养得了吗？我这么讲吧，一一现在刚十一岁，他要是跟了我，吃穿用度包括受教育，百分百是最好的，以后我还会送他出国，他在我们家，更能体会到家的温暖，这些都是一一最需要的，应该也是你没法给他的。你是个聪明人，起码不会不想让一一过得好吧。

伊布显然没有做足准备，被大姨子这一连串有理有据声情并茂的台词给逼到了死角，一时不知该如何回应，只好生硬地说，你太想当然了，我答不答应是一回事，一一愿不愿意是另一回事。

你可能不知道，一一跟我一直都很亲。如果你真为一一好，就不要一味地拒绝。说着，大姨子不紧不慢地抬抬手，身后那名西装眼镜男立即会意，从公文包里拿出一份合同递给了伊布，解释说，这是协议书，请您过目，其中还涉及孩子在抚养权转让以后，您所享有的探视权等问题，考虑到您曾经有酗酒和家暴的历史，所以呢，我们在探视孩子这一点上，会略微有一点限制。协议内容的表述看起来有些苛刻，不过也是考虑到最极端的情况，您不必太介意。具体问题到时候我们还可以再进一步协商。

协商个屁！伊布将协议书扔在了桌上。

儿子是我的，轮不到你们指手画脚，我还没说答应你们呢！伊布嚷嚷道。

大姨子瞥了一眼四周，保持着应有的淡定，对伊布说，你别激动，不是你想的那样，大家都是为了一一好，你有什么条件可以尽管提。

伊布一脸愠怒，越看越觉得眼镜男不顺眼，伸出右手摁了暂停，起身冲眼镜男狠狠地甩了一个大嘴巴子。

时间一恢复，西装眼镜男浑身过电似的一阵哆嗦，手里的咖啡洒了一身，脸上赫然出现一个巴掌印，惹得一旁的女秘书也觉得莫名其妙。

大姨子不耐烦地瞪了眼睛男一眼，挥了挥手，眼睛男便和女秘书退到一边去了。

接着，大姨子换了个话题对伊布说，对了，你现在从事什么工作？

伊布脱口而出道，我在一家网络视频公司做制作人兼主持人，还有一家属于自己的快餐连锁公司。

大姨子眉头一挑，说，是吗？快餐公司叫什么名？

伊布避重就轻道，餐饮可不好做呀，尤其是我们这种做快餐的，竞争很激烈，现在不都讲求个跨界整合嘛，我们也正处在融资和拓展的转型期，打算丰富这个领域。不过，我更多的精力还是放在网络节目上。

大姨子笑着点头道，那你也算成功人士了。

成功不敢说，起码也有自己一亩三分地。伊布觉得这个牛吹得不太到位，可话已经说出口，还是尽量保持松弛自然的状态，和大姨子继续聊下去。

聊到最后，大姨子说，我还是希望你好好考虑一下，最好不要走法律程序，那是迫不得已的方式，也会让你很难堪的。

你什么意思？伊布有点不爽地道。

大姨子摊开手，说，没什么，希望我们把事情解决好。时候不早了，你也该走了吧，这个点正是下班高峰，地铁一定很挤的。

伊布觉得大姨子这话摆明了暗指他就是坐地铁的命，怪寒碜人的。于是，伊布掏出手机，冲着电话颐指气使地说，Mark，你不用在地库等我了，直接把跑车开过来停在大堂外，我自己开走，晚上还有安排……就这样。

挂了手机，伊布看都没看大姨子一眼，转身就走了，最起码他豪迈了一刹那。

大姨子在他身后道，明天我无论如何也要见到一一，说好了啊！

挤地铁回到了家，伊布整个人都快散架了，下班高峰期的地铁如同上刑。

进了门，伊布对一一说，你可以开机了。

一一问道，你们商量好了吗？

伊布一屁股坐在沙发上，说，商量个屁，她明天无论如何也要见你。

一一迟疑了一下，问道，你想怎么办？

伊布叹了口气道，别问我，到时候你自己和她聊吧。

一一再没说什么。伊布也顾不上考虑他的感受，自己内心已是一团乱麻，犹豫到底是该争取，还是该放弃，要不是这一段时间以来和一一相处，他或许不会像眼下这般焦虑不安。

当天夜里，伊布一反常态，睡得出奇的好，估计是这些天消耗了不只是脑力，还有体力。不过，伊布还是做了个梦，梦见他离婚前跟一一相处的一幕：在一个室内游乐场里，一一从一个封闭的大滑梯里滑了下来，由于速度太快，冲得过猛，从滑梯口滑出时失去了重心，上身向前翻了过来，整个面部直愣愣地拍在了地上。

一一爬起身，大哭了起来，不远处的伊布正背着身打手机，一下就听出了一一的哭声，赶紧冲了过去，只见一一的眼泪吧嗒吧嗒不停地往下掉，跟脸上的血混在了一起。

伊布抱起孩子就往医院跑，一路上一一的哭声没有停。伊布只是紧紧抱着他，嘴里念叨着，不哭不哭，爸爸在呢！

一一边哭边口齿不清地问道，到了吗……爸爸……

伊布回答，马上就到了！

没过多久，一一又会重复问道，到了吗……爸爸……

伊布依旧回答，马上就到了！

一直跑到医院，伊布的上衣已经被汗浸透了。

大夫称，眼角要缝针，伤口可能会留疤，关键是鼻梁骨骨裂，牙齿磕掉了两颗……伊布实在听不下去了。周然赶来以后，冲着伊布就是一顿歇斯底里地指责，伊布已经够内疚了，这让他心生怒火，后来跟周然大吵了一架，周然情急之下狠狠推了他一把……

两人之前已经立好了离婚协议，只不过还没正式办手续。伊布本想在离婚前再多陪陪儿子，没想到是这么一个不欢而散的结局。

周然对伊布说，你根本不配做父亲！

好，我不配做父亲，是我的错，从今往后，我一定躲得远远的，永远别再让我看到你和一一！伊布撂下一句狠话，转身就走了。

一一在病房门口似乎还站不太稳似的，轻声叫着，爸爸，爸爸……

那声音稚嫩又无辜，像是试图在挽回什么，但凡听者都会心软，可伊布还是头也不回地走了。其实他清楚地听到了儿子在叫他，他不愿回头，许是较劲，还是赌气，都是一瞬间的事，也许是摆姿态给周然看吧，反正伊布没有回头。

直到医院走廊的尽头，在转弯时伊布无意识侧脸瞥了一眼，只见一一那渺小的身影还站在病房门口，虽说距离太远，伊布却能够猜到一一的表情，似乎还在轻声叫着，爸爸……

梦醒时，伊布满脸是泪。

伊布从沙发上坐起来，凑到床跟前，见一一睡得踏实无比。

微弱的光线下，一一那长而卷的睫毛，真是遗传了伊布脸上唯一的长处。

伊布后悔当年做过的傻事，那时年轻，往往不懂得克制情绪，到头来给自己留下了一个个大大小小的遗憾，这些遗憾会在日后的好多年里，偶尔欷歔，甚至是午夜梦回，令自己百感交集。

人的变化或许就是随着时间的累积，不断意识到什么是惭愧、遗憾和后悔……虽说惭愧、遗憾和后悔都无济于事，最后迟早会释然，但这么想，终归说明了人的成熟。

伊布真想抱住一一，亲吻那时候的他，那时候的一一只存在于自己的记忆深处。

黑暗中，伊布四处找烟，事实上他没烟瘾，只不过比较喜欢点燃烟以后的那种驾驭感，吸入量的多少，吐出烟的方式，选择夹在手上还是叼在嘴里，全在自己掌控，是自己和一根烟的独处。一根烟燃尽自身，用陨灭来帮助一个人在孤独和焦虑中得到短暂的放松，这正是一种无私的牺牲精神，带着无与伦比的勇气。

翌日一早，伊布被大姨子的电话叫醒，她催伊布把一一送到酒店来，要不然她就派车去接。

经过昨晚一整夜，伊布想明白了一件事：他绝不能向大姨子低头，大姨子越志在必得，伊布就越不能被她牵着鼻子走；她越觉得伊布没本事，伊布偏要证明给她看，哪怕是最肤浅的较劲，也绝不能落了下风。

当大姨子走出酒店，竟然见到了这么一幕：一一从一辆加长版特斯拉豪华款轿车里下来，从头到脚全是奢侈品牌。伊布则从豪车的另一侧下来，夹着雪茄，戴着墨镜，一身意大利顶级西装，皮鞋更是考究得不得了。

大姨子显然没有想到，伊布竟然这么快鸟枪换炮，跟昨天见面时简直天壤之别。

伊布自言自语道，装有钱人还不容易了。接着，凑到一一耳旁叮嘱道，记着啊，不卑不亢！

一一不屑道，我见过世面。

看大姨子那颇为意外的表情，伊布如愿以偿，假象虽说是做出来的，造成的印象却可能是真的，起码让大姨子认识到他伊布并不是老屌丝一个，更不是任人拣捏的软柿子。

然而，当天夜里，伊布刚刚睡下，突然接到了大姨子打来的电话，一听大姨子带着哭腔的语调，伊布脑袋立刻就炸了！

伊布嚷道，为什么不送医院？！

大姨子无奈地说，会开车的都喝多了，站都站不起来，我自己又不会。

120 呢？打急救电话呀！伊布咆哮道。

大姨子战战兢兢地说，打过了，可都说找不到路……

伊布想爆粗口，可爆也没用，遂在第一时间摁了暂停，所幸在暂停之中，儿子应该是安全的。

伊布先在屋里找遍所有角落，没有发现哮喘气雾剂，按理说，一一会随身携带，如果也不在家里，那有可能落在其他地方了。

伊布出了门，突然想起之前下车时一一翻过书包，于是，他赶到了特斯拉展厅，找到了那辆车。好在夜里还有工作人员值班。为了以最快速度打开车门，伊布捧着一大堆分不清谁是谁的钥匙来到车前，一个一个比划，总算等到了车门把手自动弹开的一瞬间，那种感觉估计跟撬开保险柜如出一辙。

伊布最终在后排座椅下找到了那瓶哮喘气雾剂。

随后，伊布根据大姨子的来电定位，以最快的速度向目的地赶去。目的地位于北六环边上的一处私人庄园内，从卫星地图上看，前不着村后不着店，难怪急救车半天找不到路。伊布先后借助了三种交通工具，在市区里先是骑摩托车，然后换了一辆跑车，出了五环又在加油站跳上了一辆吉普车。

行驶在时间暂停的深夜，伊布感觉像是在操控赛车实景游戏，一切都像是假的，其实又都是真的，他必须随时注意避开静止在高速路上的大小车辆。

纵使他一路小心翼翼，可还是在驶出匝道时没及时减速，不慎冲进了道旁的一条小河沟里。虽然是小河沟，可依旧彻底吞没了车前轮。

由于水位过高，车门根本打不开，电动引擎竟然也失灵了，好在玻璃窗处于半开状态，可伊布依然钻不出去。于是，他拼命撞击车窗，感觉胳膊肘都快撞碎了，不得已又换了个姿势，上脚猛踹，再不行又把皮带抽下来，捆在脚上，用皮带扣冲玻璃又是一顿猛踹，不知过了多久，当伊布的脚已感觉不到知觉时，布满裂纹的钢化玻璃总算脱落了……

伊布狼狈地钻出车，已是精疲力竭，没来得及喘几口气，就急切地沿手机导航继续向庄园方向跑去。不知是指向有误，还是系统设置出的直线路径不考虑实际地面状况，伊布不但要穿过一片树林，还得跨过一条小河，其中还过了一小块跟沼泽差不多的泥滩，感觉像经历了一趟户外求生探险加铁人三项越野，最后，九死一生地来到了那该死的目的地。

当伊布踉踉跄跄地来到一一面前时，一一正躺在沙发上，表情被定格，看得出他一定痛苦极了，伊布感到揪心不已。

那一小瓶气雾剂被伊布攥在手里，这一路惊险连连，伊布紧握着的手一刻也没有松开过，现在他终于可以松开了。

伊布摁了恢复钮，接着将喷头塞进一一的嘴巴，大声说，一一，快！吸一口！吸呀！

一一用尽气力吸了一口，轻微地颤抖了几下，然后慢慢睁开了眼睛。

伊布似乎被什么味道给熏醒了，睁开眼一看，鼻子正前方竟然是一双印有火影忍者图案的袜子，再一看，是一一的脚，两人竟彼此相向睡在一张床上。

窗外大亮，显然到了第二天上午。

伊布坐起身，头还有些晕，完全记不得自己怎么到了这里，看得出这里是医院。

一一忽然也坐了起来，直勾勾地盯着伊布。

哎，一一，你好点了吗？！伊布关切地问。

吓死了，你小声点，该我问你才对。一一说。

伊布打量着一一，有些激动地说，你真没事了？！

一一说，我吸了药就没事了，哪像你，三十多岁的年纪，五十岁的身体。

伊布不解道，什么？

一一说，大夫说你体质弱，心律不齐还低血糖，浑身上下还都是口子，昨晚那辆救护车原本是冲着我来的，结果拉的是你，得亏有大夫在，要不然，恐怕你比我还危险。

伊布装作一副满不在乎的样子说，有那么夸张吗？

一一强调道，你昨晚上晕倒了，不记得了吧。

伊布揉揉脑袋，还有些恍惚。

一一下床倒了一杯水，递给了伊布，说，待会还是让大夫跟你说吧。

说罢，一一向病房外走去。

伊布忙问道，你干吗去？

一一不耐烦道，嘘嘘呀。

一一走到门口时忽然停下脚步，回头冲伊布说，昨天晚上，谢了！

伊布回过神，摆出一副满不在乎的表情，说，嗨，小意思。

实际上，一一的一句谢谢，让伊布像吸了高压氧一般精神，胸腔里充盈着富余的能量。

紧接着，大姨子进来了，对伊布一脸关切道，你醒了，昨天晚上可真够悬的，多亏了你。

伊布把脸扭向一边。大姨子凑到床跟前继续说，唉，一一这孩子也不把哮喘药随身带着，多吓人呀……

你也好意思说！伊布打断了大姨子的话。

大姨子迟疑了一下，说，真是辛苦你了。对了，你好点了吧？

伊布回头冲大姨子嚷道，我之前说过，一一有过敏性哮喘，不能吃巧克力，不能沾狗毛！

大姨子怔怔地说，我知道啊，我也实在没想到……

你知道个屁！我进去的时候那条泰迪就在过道里跑来跑去！告诉你，我是不会让你把儿子带走的！以后你想见都没门儿！

大姨子显然没想到伊布会这么发火，换了个口气道，一码是一码，你别跟我这儿嚷嚷，你没资格教训我！孩子当初是你不要的，他生病你关心过吗？现在倒还来劲了。劝你别打肿脸充胖子了，自己都顾不了，还有脸说养孩子？你觉得一一跟着你会有好日子过？这孩子我要定了，你要不答应，那咱就法庭上见。

你还反咬一口！我怕你了还！伊布从床上跳下来，青筋暴露，恶狠狠地瞪着大姨子。

大姨子也不甘示弱，高声道，你干吗？！

一一闻声从屋外赶来，忙扑到两人身前，劝说道，爸！大姨！你们别吵了，别吵了……

大姨子一把拉过一一的手，说，一一你看到了，这就是你爸！

大姨子拉着一一就走，一一却拧过胳膊来，不愿离开。

大姨子意外地说，不是，你怎么了？

一一低下头，一言不发。

伊布上前拽过一一另一只手，冲大姨子说，当孩子的面，我也跟你挑明，要打官司我奉陪，但你可别像你妹妹那样胡搅蛮缠，得理不饶人！

够了！一一甩开伊布的手，转身跑了出去。

大姨子指着伊布说，好，等着瞧！

屋里就剩下伊布一个人，他试图平复情绪，却失败了，恨不得把刚睡过的那张床掀翻。

伊布独自回到家，感觉自己的脑袋一下被什么东西给抽空了似的，失去了胡思乱想的能力，只剩下一个空空荡荡的黑洞，只要冲里面喊上一声，就可能听到悠长的回响。

唯独一一那夜犯哮喘的事，令伊布时不时感到后怕，要不是自己有“暂停时间的手表”，很难想象后果会是什么样。

这让伊布意识到了自己对于一一的重要性。对于其他人和其他事而言，有没有伊布似乎并不重要，但对于一一来说，伊布能够保护他，至少是现在。

伊布下了狠心，决定拾起撂了好多年的手艺。伊布曾学过一段时间烹饪，对面饼颇有心得，什么煎饼、摊饼、烙饼、卷饼、油饼……样样精通谈不上，起码都能照葫芦画瓢，即便没法让行家交口称赞，却能让普通人一饱口福 。

伊布像战备一样拟了个清单，依次买来各种做饼用的工具和材料，然后戴上围裙，把自己关在厨房里没日没夜地练，一练还就是好几天。

虎飞来看伊布时，一进门还以为着火了，整个人立刻被油烟味包了浆，再看看从厨房出来的伊布，光着膀子浑身油腻腻的感觉，肤色再深点似乎就成宫庙里的铜人了。

虎飞说，你还没被呛死呢。

伊布喘了口气道，要死也不是现在，你去，挨着个儿尝一遍。说着，他指了指厨房里。

虎飞在门外一瞧，吓了一跳，整个操作台上摆满了一盘盘卷饼。

虎飞摆摆手道，你这么挥汗如雨是想干吗？申请吉尼斯呀？

伊布淡淡地回答道，打官司。

什么？！虎飞皱起了眉头。

伊布说，你先别问了。

虎飞陪伊布去大姨子那里接回了一一，一一起初没答应，后来在伊布的坚持下也没再反对，大姨子不置可否，看样子没有把上次的不快带到现在。

伊布随即就带着一一和虎飞去了一座露天的废旧汽车修理厂。整个修理厂相当于一个足球场大，一半车是半死不活的，另一半则是彻底报废的，中间还停着一辆专门用来销毁汽车的庞然大物，伊布也不清楚具体怎么称呼。

厂内布满了成堆的破铜烂铁，高低大小不一，堆放没有规律，形成了一条条没有人为痕迹的通道。当然，里面也有形状相对完整的汽车，只不过面目模糊，难以辨认。

穿行在如小山包一般的破铜烂铁当中，好似层峦叠嶂，恍惚中进入了电影里的场景——在这一片残骸之中，随时可能有大隐隐于市的变形金刚或者汽车侠从中挣脱而出，在空中迅速拼装成型，落地时威风凛冽地摆出一个极具震慑效果的 pose。

一一对这里的一切都充满好奇，来回穿梭着，称这是他见过的最大的废铁场。

伊布走在最前头，七拐八绕地来到了一辆废旧的汽车前，由于太旧了，虎飞半天没认出车型，脱口而出道，房车，还是依维柯？

是快餐车，谢谢。伊布回答。

伊布围绕快餐车转了两圈，仔细打量了一番，竟然满意地点了点头。这是一辆佛罗里达老式快餐车，车头大，车身高，实际上就相当于一辆房车，车头驾驶舱和车身相连，所谓的一体化连通，行动空间更大，也符合快餐车灵活机动的要求。快餐车本身的颜色在风吹日晒雨淋下愈发惨淡，加上厚厚的尘土裹在上面，令人几乎难以辨认。

伊布深呼一口气，说，就它了！

虎飞不解道，什么意思？

伊布平静地说，公司垮了，可起码还有这么点固定资产，抵押在这儿都快废了，放着也是放着，不如花点钱赎回去，把摊子支起来。

你要搞这个？虎飞瞪大了眼睛。

伊布抬了抬眉毛，低声说，我不是跟你说了吗。

虎飞回想起伊布之前的话，恍然大悟道，你真准备跟大姨子打官司了？

伊布说，有备无患吧。

就为他？虎飞拿眼神指着远处的一一。

伊布点了点头。

两人陷入了沉默，一一则兴奋地拿手机四处拍照。

虎飞绕着快餐车走了一圈，接着问伊布，这玩意儿还能用吗？

收拾收拾，死马当活马医呗。伊布回答。

这时，一一凑了过来问道，什么情况？你是打算开这车去卖汉堡三明治？

伊布说，我做的可比洋垃圾好吃多了。

差不多半个小时后，伊布带一一和虎飞回了家。

餐桌前，虎飞和一一面前各放有一个空盘子，看起来有点可怜巴巴的样子，但两人几乎可以确信，无论接下来盘子里出现任何东西，都不会燃起他们的食欲。

只听厨房里传来抽油烟机的持续响动，过了一会儿，伊布端着平底锅从厨房出来，将两份鸡蛋卷饼分别搁在他们各自的盘子里，两人此时依旧没有兴趣。

差不多一分钟后，一一和虎飞一边咀嚼一边不约而同地发出了一阵又长又贱的“嗯”，一个声音浑厚，一个声音稚嫩，一前一后非同步发声堪比混响，都是在用喉咙酝酿出一种相见恨晚的感叹，夹杂着一丝撒娇似的赞美，好像这嚼在嘴里的第一口，就已令他们投降，心甘情愿成为俘虏。

伊布问一一道，怎么样，不难吃吧？

一一舔干净指尖的油汁儿，说，你这是什么问题呀，什么叫“不难吃吧”，评价说“很好吃”这三个字都是贬低你了。

虎飞附和道，要我看啊，成语词典里都找不到形容它的词儿了。

伊布长舒一口气，说，看来，底子在，这老手艺就丢不了啊。

虎飞接着说，你说你也真不够意思，咱俩认识这么多年，你这是第一次露手艺给我，藏着掖着以为你地下党呢！再来一份，赶紧的！

明码标价，十块一份！伊布叉开十个指头。

虎飞一副不把金条当宝贝的表情，说，二十块一份我都要，待会甩你一张百元大钞！

想吃可以，往后你免费，不过……伊布顿了顿语气。

虎飞问道，什么不过？

伊布压低身子对虎飞说，小钱可免，大钱你可得帮我！

虎飞一愣，似乎预感到了伊布心怀鬼胎，警惕地问，什么大钱？你可别来这套！

伊布拍着虎飞的肩膀说，怕什么，又不割你肉。你丫路子宽，给兄弟我指条道，只要来钱快，别考虑稳不稳妥！

虎飞诚惶诚恐地说，你把话说明白了！

伊布说，其实也不是什么大钱，我就急需一小笔钱来捯饬餐车，添加灶具，购买原料，顺便再宣传包装一下，整套下来算是一笔成本，当然也不算太大，主要是得雇专门的技术人员来搞。

虎飞推了伊布一把，说，你小子，弄了半天在这儿等着我呢，想来钱快，你直接抢银行去啊！

伊布说，有你虎哥在，还用得着抢银行吗？

虎飞不屑道，别来这套，我才不管呢。

伊布说，不管也行，把你刚吃下去的给我原模原样的吐出来！

两天后，虎飞带伊布走进一家私人赌场。伊布一身西装，虎飞帮他拎包，一副资深赌徒的派头。实际上，虎飞才算正儿八经的赌徒，棋牌麻将德州扑克，样样精通不说，下赌上手门儿清倒是真的。可今天的主角是伊布。

考虑要最大限度借助“暂停时间的手表”来赢钱，伊布觉得虎飞提出的德州扑克是比较靠谱的选择，容易入门，便于以小博大。伊布给自己这次行动命名了一个骚兮兮的代号——“德州富翁计划”。

虎飞比伊布还紧张，因为伊布哭穷说自己没钱，死活要让虎飞再帮自己把五万块本金也掏了。虎飞抵不过伊布的软磨硬泡，忍痛借给了伊布，不过立下字据，赢的钱，两人四六开，伊布拿六，虎飞拿四，伊布很爽快地答应了。不过，虎飞还是提心吊胆，因为他对伊布玩牌的水平心里没底，到时万一输干净了他又赖着不还，虎飞就是杀了伊布也没用。毕竟对于虎飞来说，五万块可不算小数，可对于伊布来说，管他数大数小，再输也不怕，反正都烂债缠身破罐子破摔了，只不过多一个零头式的小债主罢了。

赌场内一片肃杀气氛，更让虎飞打起了退堂鼓，想劝伊布回去算了，可伊布二话不说，径直坐在了一个由十人组成的大牌桌前。

虎飞顿时有一种眼看钞票被大火烧成灰烬的感觉。

光眼瞅着就知道其他九个牌手都不像等闲之辈，即便不是土豪起码也有财大气粗的潜质，再看看伊布，不光气场欠缺，指尖也没有雪茄，手腕上连最起码的百达翡丽也没有，活像一老屌丝来自取其辱。

虎飞再一次凑到伊布身旁，说，你现在要退出还来得及，不丢面子，咱可以回去再想别的办法……

伊布客客气气地说，婆婆妈妈，烦不烦！告诉你，我在网上可是掏钱上了德州扑克速成班，虽然从没实战过，但起码连夜看了三套教程！

虎飞听了这话差点晕死过去，弄了半天哥们儿第一次玩啊！

高压氧无声无息地从赌场内的多个管道口排出，充斥在屋里的每一个角落。这样的确可以提神醒脑，可虎飞的神已散、脑已乱，疯了似的想着该怎么收场。

开牌了，伊布轻抚腕上的手表，长舒一口气，他一点也不紧张，虽然他本人平时是容易紧张的，但现在很享受这种游刃有余的感觉。

牌到手之后，伊布立刻摁了暂停，然后一张一张翻看其他人的底牌，琢磨了一圈大小，接着又去偷看荷官手里即将发出去的公共牌，按照自己的需要任意变更牌面次序，反正如入无人之境，就以上帝视角获悉全局。对他来说，牌局上没有了任何秘密，无论选择跟还是弃，下注多还是少，一切都尽在掌握中。

公共牌落定了，没盖牌的还剩三个人，伊布加注极大，似乎志在必得，其他两人都不动声色，毅然决定跟注摊牌。场外的虎飞看到眼珠子都快蹦出来了，心想，完了，伊布这家伙一定是疯了，今天晚上估计得光着屁股从赌场里爬出去了。

其他两位牌手依次亮了牌，两人同牌型，都是同花顺，远处的虎飞低下头，陷入了绝望之中，绝望到头了就是死，在死之前，他一定要杀了伊布。

伊布表情平静，环视了一圈在座诸位，然后将牌翻开，其他九位牌手立刻被震了，虎飞看得目瞪口呆，伊布竟然来了一个罕见的同花大顺！

那一刻，仿佛一块巨大无比的由狗屎做成的馅饼砸在了伊布的脑袋上，这不是一般的狗屎运，而是如同奇迹一般令人匪夷所思的狗屎运。

池底的筹码都被伊布收入囊中，伊布想放声大笑，但还是克制住了，尽可能保持低调收敛的姿态，毕竟自己全依靠“手表”，这恐怕是前无古人后无来者的出千大招。当然，伊布坚信，这一点不会被任何人知道。

虎飞由于太过紧张，不知不觉已经喝掉了三杯橙汁，尿意袭来，却憋着不敢去厕所，生怕离开了再回来，会看到伊布的惨相。俗话说新手出牌自带狗屎运，盲打误撞也能尝到点甜头，算是先扬后抑了，前面赢得越多，后面就有可能输得越惨。

结果虎飞完全多虑了，伊布没输，而且越玩越上手，可谓审时度势、进退自如，每一次下注跟注，料牌如神，而且要比平时的伊布淡定自如好多倍。

虎飞实在憋不住尿了，跑了趟厕所扭脸回来再一看，伊布赢来的筹码已经垒到了一人多高，夸张点形容，如同一座筑在牌桌上的单兵工事。

伊布越玩越 high，一晚上就将本金翻了好几倍，同桌其他玩家的筹码全让伊布给赢走了。即便再有城府的玩家，从细微表情中还是能感到一个掩藏不住的事实：大家都不爽！

发牌的荷官换了一位又一位，现场的监督及工作人员纷纷围拢过来，大家对于伊布这个生面孔的惊艳表现都觉得匪夷所思，可一时也找不出任何疑点。输光筹码的玩家带着怨气离开，眼神里全是不甘；新补位进来的牌手带着不惧坐定，却不得不屈服于现实，一个个拜倒在伊布手下。用伊布自己的话说，一晚上赚得一塌糊涂！一塌糊涂！引无数英雄竞折腰！竟折腰啊！这简直是人生第一个高光时刻！这辈子都没有用如此神奇的招数跟钱打过交道，仿佛自己成了一个制钞机，想要多少就要多少！

牌局结束后，现场工作人员不得不用专车拉着伊布的筹码去兑换，伊布直接拎着两大箱现金离开了赌场。由于箱子太沉，虎飞赶紧上前帮忙，活像个极有眼力见儿的助理。两人各拎着一箱钱离开的那一刻，伊布心里并非充满了前所未有的豪迈，反倒比入场时还要忐忑，好像周围有无数电子眼在盯着自己，足以看穿他内心的秘密，好像再不快一点离开，手里的钱就随时可能被收回，甚至会有什么人突然跳出来，指着伊布说，站住！我知道你为什么会赢钱了！

伊布加快脚步，以至于显得诚惶诚恐，这跟挺直了腰杆喜形于色的虎飞形成了鲜明的对比，在场所有人都在用一种复杂的目光望着这两个人。

回到家之后，伊布先后将两箱子钱一股脑儿倒在了地上，一捆捆拆开，发泄似的抛到了空中。这一幕跟国产电影里穷人乍富的场景如出一辙，看起来俗套的行为或许最适合表达一种同样的情绪。

虎飞冲伊布一口一个“赌神”叫着，不停地追问伊布为何会如此神奇，第一次上桌就技惊四座、震翻全场！但凡有人拍下视频发到网上，伊布准能一战成名！

伊布压根不打算告诉虎飞，只是说，早知道这玩意这么挣钱，我天天来！

就这么一直玩下去，赢来的钱也够还债了。伊布美滋滋地想着，有一种成为上帝宠儿的感觉。

与之截然相反的是赌场的总控制室，大小头目围在一起，个个面色凝重，仔细查看监控录像。显然，他们怀疑伊布出了千，千方百计想揪出破绽，但从监控里却没发现任何异常，这些人完全想象不到，从伊布摁下暂停的那一刻起，监控系统就失去了反应，无法记录任何内容。

即便如此，他们还是发现了伊布的一个较有规律的动作。

第二天晚上，伊布再次走进赌场，从他踏进门的那一刻起，所有摄像头及工作人员如临大敌，纷纷将焦点对准了伊布。伊布大手一挥，一次性买了比上次多出一倍的筹码。

待伊布及其他玩家落座，一名身材壮硕的男主管过来，很有礼貌地告知大家，根据行业协会最新的安全细则，要求现场所有玩家务必摘下手表等首饰……

伊布一怔，虽然男主管的目光和语气是面对所有玩家，但似乎更像在针对伊布个人。

眼看身边的玩家纷纷将首饰卸了下来，交由工作人员保管，伊布偷偷将手表掖进衬衫袖子里，再用外面的西装袖口遮住。

为保险起见，伊布及时耍了个小聪明，将脖子上的挂坠揪下来缠在腕上，当工作人员到他跟前时，伊布不至于什么都不交。

等对方离开，伊布松了口气，可紧接着，就听身后响起了“哔”的一声，回头一看，竟见另一名工作人员拿着一个放大镜般大小的仪器，隔着一段距离就对着他的手腕晃呀晃，更令伊布猝不及防的是，那仪器竟然自带人声，冷冰冰地说，目标物体——手表一枚……目标物体——手表一枚……

那一刻，伊布就像被当众揭穿谎言的小孩。

伊布脑海一片空白，表面上装出一副无所谓的样子。荷官开始发牌时，他感觉一大盆凉水从头顶慢慢浇了下来。伊布希望这只是在做梦，但他做梦也不会想到将独自面对这场牌局，那些筹码似乎已经离自己远去。

转眼间，伊布面前的筹码都已经少了一大半，被汗浸透的衬衫也已经湿了一大半。一旦没有了随时摁暂停的心理保障，伊布不只会输钱，甚至瞬间没有了继续面对生活本来面目的勇气。

死扛到了中途闭牌休息，伊布跑到厕所给一一打电话，求一一赶紧想办法把手表偷回来。可赌场禁止未成年人入内，一一只能在走廊通过实时电视看到赌场里的情形……

伊布又打给虎飞，可一接通就挂了，虎飞并不知道手表的秘密，自己也不打算告诉他，所以还是没法讲。

伊布在厕所原地打转，到了这个份上，他是没法退出了，除非输光筹码，可要是继续玩下去，以他的水平，也还是输。实在不行的话，他就装昏倒，一头栽在牌桌上，让120把他接走……突然间，手机响了起来，是一一打来的，伊布本不想再接，可手指却鬼使神差地碰开了触屏，只听一一认真地说，你可不能放弃呀！你在网上学过一遍，你仔细回想一下玩法，我就不信你会输……

伊布不耐烦地说，你懂什么，我跟那帮老油条比，连菜鸟都算不上，再怎么回想也还是输。

一一顿了顿语气，说，你还没玩就说输，这是你自己认输。其实输也没什么，可你要是放弃了，运气也不会站在你这一边的。

伊布摇了摇头道，服了你了，学会灌鸡汤了。

一一说，随便你怎么说吧，玩个牌你就这样，以后真没手表了你还怎么活？

伊布挂掉了电话，呆立了两三分钟，然后拧开了面前的水龙头，用凉水洗了把脸，那力道恨不得把脸搓破。

伊布回到牌桌前，整个人清醒多了。重新开牌时，伊布感觉犹如坐在一列千疮百孔的火车上，车速不快，并非不能跳车，只是他最终还是硬着头皮撑了下去，反正是输，不如撑到底……其实他在中学时就有过类似的体会，反正坐过站了，不如一坐到底，看看这趟车会经过哪些地方，终点站是哪里。结果，伊布还是输了，就像当年被车拉到了燕郊一样。只不过，没有彻底输光，这个结果已经比之前的悲观预期好了很多。

不抱希望时，反倒会少些失望。

伊布走出赌场时已经精疲力竭，这是他这几个月以来，第一次感到这么累，好像刚才猛发了一通内功，耗尽了所有内力。"手表"重新回到了手腕上，工作人员递给他时，依旧用异样的眼神望着他，这种眼神让伊布不舒服，但他没心思再追究了。

赌场外，一一在等他，似乎想对他说什么，伊布立刻抢话道，别灌了，你赢了……

"德州富翁计划"最终流产。伊布本想把在赌场里赢钱当事业来干，没想到成就了别人的事业——不止一家赌场开始规定玩家上牌桌前务必摘除手表首饰，还招聘专人负责监督及收拢，连带首饰清洗和保养服务，开辟了新的业务领域。伊布自然认为这件事是因他而起，事实也确是如此。唯独让伊布崩溃的是，自己还上了德州扑克行业协会的灰名单，相当于被贴上了一个"重点关照”的标签，虽说不是禁令，分明就是号召大家都防着点他，彻底断了他的财路。

即便如此，伊布为了让快餐车尽快开张，决定仓促上马。

原本计划的车体改造，不得不放弃了；原本计划的系统翻修，换成自己刷漆；原本计划购买的全自动化多位架灶具，改成了老式燃气平底锅台。其实伊布考虑过借着时间暂停，去厂家拉一套回来，可问题是这种进口产品需要专人安装和专人指导，即便拉回来了，自己也不会用。

一一虽然没做过什么像样的家务，可他还是自告奋勇，帮伊布分担了几乎一半的任务量。两人将餐车内所需要的一切都装置完毕，最后开始清洗车体，从内而外，车内倒还好办，车身外侧由于积累的陈年旧垢混杂了油污而结成硬痂，清洗起来难度非常大，不上高压水枪和特用清洗剂，压根儿不管用。

可清洗时却突发状况，高压水枪哑火，特用清洗剂买成了洁厕剂。两人又都懒得再折腾，只好用最原始的办法。

伊布把一一举上车顶，然后将水一桶一桶递了上去，让他从上面开始搓洗，甚至用上了清除路面口香糖的方法。伊布则负责车身两侧，两人纯手动操作，不放过任何一寸车皮，结果折腾了整整一下午，车差不多洗净了，两人的衣服也都湿了。

然而，干干净净的快餐车看上去似乎无法引起人的任何食欲，这里面有一个视觉心理的暗示作用。一一比伊布更在乎这个，他不停摇头，怎么看怎么觉得单调，于是，找来颜料和画笔，还有涂鸦人士经常用到的自喷漆，然后开始亲自在车身上进行创作。反正就是按照自己的想象，将颜料泼洒上去，东抹一块西涂一片，丝毫没有规律，这种效果和风格一点也不新鲜，曾经作为伪文艺伪现代风格，甚至沦为恶俗，不过——只是用它们作为背景，在这一层泼墨式的颜料干了之后，又拿笔在上头勾画了一番，画得既抽象又诡异，圆中有方，曲直无度，线条各异，乍一看，仿佛抽象的几何图形，再仔细一看，又具有人形轮廓，四肢俱全，能让人琢磨半天，最后，则是用自喷漆大面积渲染和勾勒，尽可能让色彩的层次鲜明、造型夸张。

整个快餐车变成了一块彩色的铁疙瘩。

伊布原本还打算对快餐车的机械部件进行改装，现实却让他不得不放低要求，能减则减，最后连轮胎和刹车片也没换。全面退而求其次的结果是，伊布驾驶着这么一辆指标不合格的车上街，一路被警察盯上好几次，后来被拦了下来，警察要扣车，伊布被逼无奈，摁了暂停，驾车逃离现场，由于路面上的车太多，主辅路都没法走，他只能把快餐车开上人行道，可一旦遇到哪怕只有一个行人挡在路中央，他也得停下车，亲自下去把人挪开。

至于目的地是哪儿，伊布也没太想好。按照他之前投资这家快餐车连锁公司的打算，是想在各大人群密集的商业综合体及公园景区旅游景点铺网设点，先以流动人群为主，固定人群辅助，树立口碑后再逐步拓展，让这种从西方引进的原版快餐饮食概念从出现在大家的视野里，继而再深入人心，品牌化成熟的同时，开辟电商领域，不光是零食售卖，还有周边产品的开发，与文化娱乐业的结合，争取八年之内，把公司做上市……当然，这些都是曾经的美好妄想。

想着想着，车子不知不觉开到了动物园门口。既然来了，不如就把这里当作目的地。一路走走停停，伊布像经历了西天取经的跋山涉水，感觉车都快散架了。

快餐车仿佛是一台披上了时尚外衣的老古董，复古的造型和惹眼的色彩瞬间吸引来了不少游客的目光。

伊布支摊开火，戴上围裙，裹上头巾，开始做玉米鸡蛋卷饼。一一在车窗台前摆好了供顾客使用的纸巾、纸杯，以及一个长方形的装着各种佐料酱菜的格架，并将一个写着价目表的小黑板摆在了车窗下面，然后回到车上，和伊布一起等待着第一个顾客的到来。

可等了半天，除了几个拿手机拍照的，连凑到跟前来的人都没有，看来大伙儿的好奇仅仅停留在回头看一眼的阶段，根本不会因为外在形态的奇特就想真正接近。这或许也是当下的一种现象之一，太多东西都浮在表面，似乎一切都可以做到非常吸引人，可真正让人愿意深入接触体会的却并不多。

一一突然对伊布说，要不，我出去帮你嚷嚷几嗓子？

伊布觉得这不像从一一嘴里说出来的话，他哪里放得下这种身段？可他刚才明明就是说了，语气还挺诚恳，伊布也确确实实听见了。事实上伊布很愿意有人替他吆喝，但又不好意思直接答应，便欲往东先往西，说，别了吧，你去像什么样，人还以为我这是雇佣童工呢。

什么童工！开父子店，儿子管吆喝，老子管张罗！说着，一一跳下了车。

伊布感动得想哭！一一的话相当于承认了两人的父子关系，他管自己叫儿子，管伊布叫老子，这可是伊布第一次听到一一这么积极的说法，他感到受宠若惊。顿时，伊布情绪大好，劲头来了，上手又一口气做了五套玉米鸡蛋卷饼！

等待的过程往往最焦灼，伊布来之前就做好了心理准备，也跟一一打了招呼，自己做的再好吃，也可能卖不出去，这种情况并不匪夷所思，就像电影《甜蜜蜜》里黎明和张曼玉一起卖邓丽君的磁带，本想大发一笔，却落了个无人问津的下场。

可很快，第一位顾客不期而至，有了第一个，紧接着就有第二个，第三个……从第一位顾客掏出十块钱买走第一份玉米鸡蛋卷饼开始计算，总共半个多小时，伊布带来的鸡蛋面粉等原料全部用光，自制奶茶等饮品也一滴不剩。伊布忙前忙后累得满头大汗，不得不收起了小黑板。

伊布不太明白，一一是如何鬼使神差地在这么短的时间内招来这么多客人，可还没等他开口，一一便抓着伊布的胳膊说，赶紧的！

伊布纳闷道，赶紧什么？

一一催促道，把手表给我！

伊布不解道，什么意思？

一一说，我跟他们说，买玉米鸡蛋饼有免费魔术看，魔术不过瘾就退鸡蛋饼的钱！

你！伊布欲言又止。

一一指着钱盒里那一堆堆零碎的钞票，说，反正钱我都收上来了，是退是留，你自己看着办。

伊布迟疑了不到半分钟，就把手放在毛巾上抹干，狠狠地捏了捏一一的脸蛋，将手表摘了下来。

后来，一一借着“手表”，即兴耍了几段魔术，几乎满堂彩，竟没有一个观众要求退钱。

玉米鸡蛋卷饼很快就在动物园里卖出了名气，确切地说，是一一的魔术小段耍出了名气。尤其在周末，逛公园的男女老少争相前来一饱“口眼双福”，虽谈不上生意火爆，起码快餐车客流不断。伊布也搞不清这些人到底是奔着一一的魔术小段而来，还是单纯为了他的手艺而来。

一一也习惯了在放学或放假的时候跟伊布出摊，两人分工明确，配合默契。一旦排队的人太多，交了钱等半天还吃不上，伊布一个人动作再快也做不过来那么多份，不少顾客等得不耐烦了便不停地嚷嚷，于是一一及时摁下暂停，两人瞬间进入寂静无声的环境里，没有嘈杂也没有催促，伊布可以从容不迫，一连做好几十份也完全不在话下，等数量差不多可以满足等待的顾客时，一一再恢复时间，这样一来，问题迎刃而解，伊布累是累点，但干得起劲儿。

虎飞有时也会来帮忙，不过以掺和为主，除了帮着收钱，给顾客递几杯喝的之外，也干不了什么重要的活。伊布能感觉到虎飞来这儿不是为了帮他干活，似乎另有目的，只是憋着不说，或者是没逮着机会说，而且，虎飞看起来脸色很难看，精神萎靡不振，咧嘴一笑就显得很假，像是为迎合讲冷笑话的人而强行发出面不随心的笑。

虎飞心里的确有事，一切都是因伊布而起。虎飞捕捉到了伊布的变化，尤其是亲眼目睹了他在赌场前后两次截然不同的全过程。他百思不得其解，为什么伊布玩德州扑克时第一次可以料事如神把把稳赢，比电影里的赌神还邪乎，但凡是有点牌场经验的人就应该感觉得到，那绝对不是单靠运气就可以实现的，再好的运气也不可能没有任何误判和犹疑，像伊布那样毫不迂回当仁不让的情况，太少见了；可到了第二次，伊布却完全抓瞎把把不中，输还是其次，主要是像换了另外一个人似的，失去了最基本的判断力，根本没法用低级失误来形容他的表现，前后反差之大，超出了很多牌场老手的见识。那么，这里头一定有问题，虎飞特别注意到了伊布左手腕上戴着的那块手表。

伊布戴手表了，这个说法本身就有问题。伊布会戴手表吗？

虎飞当然是了解伊布的，不夸张地说，伊布这人这辈子都不会戴表，因为他怕麻烦，不喜欢那种外在的束缚，高中时学着当小混混，脖子上拴一条金链子他都觉得碍事，更何况手腕上捆着那么大一块硬疙瘩。关键是手表的存在与否，直接导致了伊布两次牌桌上截然不同的表现，无论这个逻辑是否真的成立，至少从表面上看确是如此。

虎飞注意到，当伊布在快餐车上忙碌的时候，手表都是戴在一一手上的，于是，他凑到了一一跟前，装作不经意地说，可以呀，年纪不大，手表都戴上了！

一一瞥了虎飞一眼，随口应道，那可不。

虎飞接着调侃道，就你这细胳膊细腿的，表盘都比你胳膊粗，撑得住吗？来我瞅瞅。

一一颇为警惕地缩回了胳膊，用另一手护住手表道，凭什么？

虎飞装作惊讶道，小气，就看一眼，又看不坏。

一一坏笑道，你看可不一定哦！我这可不是一般的手表，万一坏了你可赔不起。

虎飞装作好奇道，是吗？别逗了。

说着，就把脸凑了上去，恨不得扒拉开一一护表的那只手，却听伊布在旁边招呼道，一一，你过来一下！

一一就这么被叫走了，只见伊布跟儿子低声说了些什么，一一立刻就把手表卸下来交还给了伊布，伊布随后就戴在了自己的手腕上。虎飞感觉到伊布在有意无意地回避他。

不过，伊布越谨慎，就越激起虎飞的好奇。

这天下午，伊布准备收摊时发现大姨子站在快餐车外。不得不说，大姨子穿着一身高档套裙，偏商务的打扮跟公园游人格格不入。

伊布眼皮都不抬，说，今天的都卖完了，想吃也没有。

我不是来吃的，你的情况我打听清楚了。大姨子说。

伊布继续忙着手里的活，说，还用打听，你不都看到了吗？

大姨子说，其实我佩服你。听说你欠的债不是一笔小数。

伊布冷笑，说，你可真是包打听。

大姨子直奔主题道，不如我们来做个交易吧。

什么交易？伊布了解大姨子的说话风格。

大姨子说，只要你把一一给我，你欠的债我帮你还。

伊布面无表情，缓了缓，说，我自己的事，还轮不到你帮我。

大姨子很干脆地道，你说个数，钱我出，cover（抵销）掉你那笔债，多出来的钱你自己爱干吗干吗。

伊布望着大姨子，问道，你是认真的？

大姨子回答，当然！

伊布说，你突然提出这么一个让我没法拒绝的条件，为什么？

大姨子回答道，为了我妹妹，也为了一一。

伊布笑了笑，问道，那，不打官司了？

大姨子回答道，钱能搞定的事，就拿钱解决。搞得跟电视里社会新闻似的那么狗血和苦情，也没什么意思。

伊布竖起大拇指道，明白人！那你第一次见我怎么不直接这么说。

因为当时我不确定，是不是一下就能拿钱把你拍住。大姨子坦诚地说。

伊布说，那现在你就这么自信能把我拍住了？

大姨子回答道，拍不拍的，这话有点不好听啊，你当然有别的选择，但我提的条件无疑是最符合现实的，你是个现实的人。

这话听着也太顺耳了吧。伊布说。

是吗？要知道，我提的条件对你可是没一点坏处。大姨子的声音和表情都愈发柔和。

你都让我放弃一一的抚养权了，还对我没坏处呢？伊布冷不丁来了这么一句。

大姨子愣了一下，接着说，我是很诚恳地在跟你谈，也绝对是为了一一好。

伊布苦笑道，你调子起太高，弄得我不答应你就成了不为一一好似的。

那看你怎么选择，对了，一一呢？

……

一一其实就站在车身后面。直到大姨子离开之后，他才走了出来。

伊布一怔，说，哎，不是说好我去接你嘛。

一一没吱声，拧开壶的龙头给自己灌了一杯奶茶一饮而尽。

慢点喝。伊布接着又说，今天放学够早的。

一一点点头。

伊布心里琢磨，难不成一一听到了自己跟大姨子的对话？可听到又怎么样，自己又没答应她。转念一想，不然找个机会跟这小子谈谈？再一想，有什么可谈的！

回家路上，伊布打开车载广播驱赶沉默带来的尴尬。一一却突然跟伊布提出，想借手表一用，下周学校就要举办春季化装舞会了。

伊布问道，这两件事之间有关系吗？

一一想了想，说，算有吧。

伊布问道，用“手表”干吗？表演节目？

倒也不是。一一回答。

那干吗？伊布追问。

一定要告诉你吗？

伊布瞥了一眼一一，说，你一小孩儿拿着它我不放心，万一丢了怎么办？你要做什么到时候我配合你就是了，就像校庆的时候你上去表演魔术一样，我肯定在场配合你。

一一说，不用，你给我就行了，我保证不会弄丢。

伊布想了想，说，这个，恐怕你还是听我的吧。

不借算了。一一明显有些沮丧。

两人陷入沉默，一一把脸扭向窗外。过了一会儿，伊布还是改了口，道，好好好！给你用给你用！

真的？！

再多问一句就是假的了。伊布说。

耶！一一兴奋地握紧了拳头。

伊布问道，你不会去勾搭小姑娘吧？

说的都跟你一样。一一不屑道。

跟我一样怎么了？你说你是不是看上人哪个小姑娘了？伊布边说边伸手捏一一的脸蛋。

一一接着说，还有，老师要求家长最好也能参加。

伊布反问道，你是在邀请我?

一一说，你要来就得好好准备，打扮得没创意，就别来丢人了。

伊布大笑道，我就算不好好准备也比别人强，创意这俩字还就是照着我设计的。

一一冷笑了一声，作呕吐状。

伊布其实很重视一一的话，为了化装舞会前后光顾了多家服装店，以及道具租赁公司，生怕满足不了一一的创意要求。

虎飞不得已带他去了动漫城，各式奇葩的 Cosplay 行头让伊布差点晕掉。先不说分不出好坏，就连装束性别都分不清，更别谈什么创意，唯独瞅见一个个露着大腿的美少女战士，让伊布心里一阵痒痒，像是一群蚂蚁从胸口爬过。

后来，伊布总算在一家衍生品商店里相中了一套蜘蛛侠连体衣，扮成蜘蛛侠虽然不算什么创意，但这身具有科技成分的行头本身就属于创意的一种，穿上他可以通过虚拟传输，任意调节连体衣上的纹路、条块与配色，形成不同的样式组合，还可以根据个人喜好进行设计与重构，连体衣的材质属于类端子黏合，平滑耐磨，具有自动体感恒温功能，且防水防电防辐射，内嵌的电子模板相当于一套贴身声控智能电脑。

伊布在虎飞及工作人员总共三个人的帮助下费了半天劲才穿

上它，原来全身上下的确没有一寸肌肤露在外面。望向镜子里的“蜘蛛侠”，他差点吓了一跳，臃肿的肚腩竟然奇迹般地消失了，自己完全像换了一个人，没想到这身衣服还自带美图瘦身功能。伊布搔首弄姿地比划了半天，拍手决定，就它了！

办完租赁手续，回到了试衣间，伊布却突然意识到，“手表”不见了！

伊布特地在左手腕上撸了好几下，一直撸到胳膊肘，不得不确信，“手表”真的不见了！

伊布在狭小的试衣间内转了五六圈，摸遍了衣服口袋，连地毯都揭了起来，这太不科学了！伊布回想当时为了顺利穿上蜘蛛皮，不得不将“手表”摘了下来……然后呢？摘下来的“手表”到底放哪儿了？牛仔裤口袋？没有。上衣口袋？也没有。鞋里？更没有。

伊布狠狠地咒骂自己这该死的记性跟喝大了似的，为什么一摘掉“手表”就立马断片儿了？！

紧接着，伊布冲出试衣间，当即引来了两位女顾客的尖叫，虎飞赶紧把伊布往试衣间推，还光着屁股呢！

伊布死也不相信一块手表会不翼而飞，虎飞不停地劝他平静下来仔细想想，会不会落在别的什么地方，不劝倒好，越劝越让伊布动摇了。“别的地方”这四个字太可怕了，原本要搜找范围不过试衣间内外，若是真落在了别的地方，全世界都是“别的地方”。

于是，大规模搜找行动围绕整个动漫城展开，伊布逼虎飞前后纠集了好多人一直折腾到半夜，保安、公安、工作人员、保洁大妈，甚至连值夜班的杀马特小伙儿和秃顶老大爷们都来了，不知情者还以为动漫城这种人流密集鱼龙混杂的地方又出什么大事了。

后来，伊布是被虎飞硬架上车的。回家路上伊布哆哆嗦嗦看了眼手机，差不多二十个未接来电和七八条微信，最后一条是林好老师发来的，称她把一一带回自己家了，让伊布放心……伊布这才想起来之前约好下午接一一放学的。

到家后，伊布虽已精疲力竭，但还是打开酒一杯一杯喝了起来。虎飞只好留下来陪他，边喝边说些宽慰他的话，直到伊布脸上泛起了醉意，虎飞才顺坡下驴，问道，不就一块手表嘛，至于吗?

虎飞这时发问，恰到好处。通常情况下，人处在情绪低谷时，会自觉不自觉地放低表达的门槛，自我防备意识也较为薄弱，何况伴有酒精的作用，因此，秘密在此时往往就不成秘密了。但凡伊布有点心眼，都应该像上次一样虚与委蛇，但此时完全意识不到这些了，竟毫无保留地把实情吐露给了虎飞，连“手表”怎么用都跟他讲得一清二楚，好像说出来之后，内心的痛苦能被分担走一点，找回的概率就会大一些。

第二天中午，伊布睁开眼就去摸自己的手腕，看来昨天的一切不是在做梦。顿时，伊布心如死灰，索性继续躺着，实际上膀胱里已经憋了一大泡尿亟待释放，可他就是不想动弹。

左手腕上少了块手表，伊布就如同失去了一个重要的器官，整个人一下子都不完整了，忽然间没有了安全感。

比伊布更没安全感的是一一。一一见小沫独自坐在教学楼下的台阶上，跑过去一把拉开她，严肃地说，以后不要坐在这里了，万一楼上掉下什么东西，别说是一块玻璃或一个花盆了，就是一支笔，弄不好都会出人命！

小沫用不可思议的眼神望着他，说，神经质吧你。

一一却说，嗯，确切地说是没安全感。

小沫有些想笑，说，你在说什么？

一一满脸深沉，说，如果身边的人靠不住，就会没有安全感。

小沫瞪大了眼睛问道，那我靠得住吗？

一一想都没想就点了点头。

小沫说，我才靠不住呢，我怕坐飞机，超级没有安全感。

一一问道，为什么？

小沫回答道，因为我把《国家地理》出的一整套“空难事故调查”都看完了。

一一想了想，说，那我只能说，我看的是人生事故调查了。

小沫说，不好笑。对了，化装舞会的衣服准备好了吗？

一一的脸瞬间掉了下来，说，没兴趣了。

嘿，不就因为伊布昨天放学没按时来接你，没带你挑成衣服么，多大点事呀，你应该听听他的解释。小沫用大人的口气劝说道。

一一过了一会儿才说，他今天放学来接我，看他怎么说。

小沫说，好啦，毕竟是你亲爸，你就别因为这一点小事就不高兴了。

一一叹了口气道，我可不想有一个不靠谱的爸爸。

小沫笑着说，不就偶尔放你一次鸽子，怎么就不靠谱了，再说了他一定有他的原因。说真的，一一，我以为咱们俩的情况类似，但现在我挺羡慕你的。

一一问道，为什么？

小沫沉默了片刻，说，我想见我亲爹，却见不到啊。

一一又问道，为什么？

小沫说，我不敢去找他。

一一再问道，为什么不敢去？

小沫有点不耐烦了，说，你能不能别总问为什么？！

一一挠了挠头道，有什么敢不敢的，你告诉我他在哪儿，大不了我带你去见他，哪怕不跟他说话，远远地看一眼总可以吧。

小沫转过脸，瞪大了眼睛盯着一一，随后脸上泛起了笑容。

伊布从床上坐起来，感觉浑身疲惫，看来一直躺着也是会消耗体力的，再一看表，该去学校找一一了。

伊布坐在出租车后座上，还在犹豫到底要不要告诉一一手表找不到了，他心里有一种近乎天然的迷信，一旦把事情转述给另一个人，结果会一语成谶。关键是一一之前才提出要用手表，这下更没法跟他交代了。

伊布靠在出租车后座上，望着窗外一闪而过的街景，忽而有一种感觉，即便这座城市即将毁灭，午后四点的阳光也还是那么惬意。

伊布捧着手机，发现有新的照片被同步到手机“照片流”上，一定又是虎飞那边拿手机拍照了，只有他是用伊布的 Apple ID 注册的，包括 iCloud、AirDrop 及云屏等。

伊布无意中点开“照片流”一看，立刻呆住了……

出租车被伊布叫停在了路边，伊布咬着牙，腮帮子一鼓一鼓地思索了片刻后，吩咐司机道，调头！

接着，伊布给一一发了一条微信，称自己没法来接他了，因为有一件事无论如何也要马上去办，并为自己再一次爽约跟一一道歉。编写完这条微信，伊布就感到了一种无力感，能想象一一崩溃的表情，估计对他失望透顶了。

伊布没有给虎飞打电话，而是选择守株待兔，即便自己属于那种没耐性等人的人。这对伊布来说是一种煎熬，腮帮子始终一鼓一鼓，牙都快被自己咬碎了。

待虎飞回来时，天已经黑了。

虎飞对伊布的不请自来并不意外，两人太熟了，相处几十年，不打招呼就上对方家里蹭吃蹭喝的事常有。伊布像以往一样，一屁股坐在虎飞家里的懒人沙发上，用极平和的口气道，你那边有手表的消息了吗？

虎飞苦笑着说，有了我还能不告诉你。

伊布说，这手表又不会自己长腿，怕是被什么人捡着了吧？

虎飞点上一根烟，胸腔一胀，叹了口气，这一下伊布就全明白了，俩字，装傻。伊布想直接摊牌，却又没有勇气，勇气这个词太俗，应该是没有想好摊牌之后该怎么办。实际上，伊布对虎飞抱有一丝侥幸心理，希望他能够主动跟自己坦白，哪怕他有一丁点悟性，也能踩着伊布给出的台阶顺着溜下来。

遗憾的是，虎飞没有，而是继续劝说伊布道，你别多想了，这种事，得失随缘，失去它对你来说未必不是一件好事，你想想什么叫塞翁失马焉知非福，什么叫……

叫你大爷，你他妈跟我还来这套！你看看这都什么？伊布忍不住把手机扔给了虎飞，其实他恨不得把手机砸在虎飞脸上。

照片里的虎飞在街上伸手摸一个女人的胸部，在商场里撩起一个姑娘的短裙，在咖啡馆里撕一位美女的丝袜，还有他搂着几个赤身裸体的姑娘的自拍……还有他正从收银机里拿出大把大把的钞票，以及在昏暗的灯光下，玻璃器皿里的白色粉末，小切片，药丸，研磨盘……

伊布太阳穴上的青筋在跳动，就像一只血吸虫从皮下爬过，他问道，怎么解释?

虎飞想了想，回答道，都是我自拍的，要解释什么?

伊布一把揪住虎飞的衣领大声嚷道，表呢?！我的手表呢?！

虎飞明显有些紧张，用坦诚带安抚的语气说，好吧，我承认，我不过是好奇，拿走想独自体验一下，所以没及时告诉你。本想着过一阵子就还你的，到时候，还能说是我帮你找着的，这是我个人的一点私心，是鸡贼了点，但你别多想，我可不是存心想骗你。

直觉告诉伊布，虎飞就是存心在骗他，这种直觉让他愤怒又失落，只是，他没法把失落表达出来，只能愤怒。

伊布质问道，你什么时候拿走的?

就那天你试衣服的时候。虎飞回答。

伊布想了想，说，也就是说，那天，手表自始至终都在你口袋里?

虎飞低下了头。

伊布再次扯动虎飞的衣领道，跟我喝酒时你还套我的话？

虎飞不再吱声。的确，那一刻对虎飞来说，如同套出了别人的银行卡密码，没等伊布睡去，他就匆忙离开了，他早已按捺不住要立即试试传说中可以暂停时间的手表。当他站在街角摁下按钮时，夜色里的一辆形单影只的出租车瞬间停在了路中央。虎飞目瞪口呆，冲过去拉开了车门，在路灯的映照下，只见司机一动不动，嘴里叼着一根环保电子烟，充满药香的电子烟雾凝固在空中，这一幕定格，画面感太强，光线，明暗，层次，生动又极具现实主义风格，好似卡拉瓦乔身处当代即兴创作出的一幅作品。

只有在时间暂停的极端时刻，虎飞的为所欲为呈现出了一种恶。虎飞可以对任何一个入他眼的姑娘做任何事，还会单纯为了恶作剧，去解开她们的衣扣，褪下她们的胸罩系在外套上，或者随便拉过来一个看不顺眼的男人，将他的手放在姑娘的臀部及胸部上，抑或将一个男人拖进女厕所，然后站在不远处再恢复时间，好观赏这一幕幕极具戏剧性的反应。

虎飞还会对任何一个他看不顺眼的人做任何事，轻则戏弄一番，重则拳脚相交，想尽一切办法施展他的施虐才能，更别提那些生活中得罪过他的人了。

平日里，虎飞总跟收停车费的小哥发生不快，不是为了几块钱争得面红耳赤，就是跟人爆粗口动手，到头来还免不了受气甚至挨打，因此，他打心眼儿里看不惯这帮人，认为他们除了钻空子讹钱，就是耍心眼调改时间，尽可能多的蒙取车主的停车费。还没有奸商的资本就学起了奸商的阴坏，虎飞对此深恶痛绝，于是，专门抢这帮人口袋里的钱，一沓沓全是零散的票子，他也毫不介意，有时候干脆一张张全部撕碎，完了再塞回给对方，等时间恢复后，再看这帮人的反应，这种快感简直无与伦比。

更缺德的是，虎飞用石头在停着的车上刮大口子，拾板砖砸碎尾车灯，用钥匙在玻璃上鬼画符，而且专挑好车下手，这样一来，留给收停车费小哥一个烂摊子，看他们怎么收场，纵使是损人不利己的事，虎飞也能出口恶气。与此同时，商场、超市、餐厅的各处收银台，也成了虎飞洗劫的对象，反正监控拍不到，熟练老道的虎飞戴着手套鞋套，连自己一根头发丝都保证不会落下，可谓滴水不漏。

话说回来，都掌握“暂停时间的手表”这么个世间最具支配性的秘密武器，要那些钱还有什么用呢？

用来嗑药！虎飞在年初染上了毒品之后，除了没卖掉父母留给自己的那套房子，其他能卖的都卖了，除了没跟伊布借钱，其他能借的都借了。可虎飞却是越堕落越快乐，甘愿成为另外一个人。

既然手表在你这儿，那就给我吧。伊布说。

虎飞扑哧一下笑了，神经兮兮地说，好了，别生气了，咱俩多少年交情，你就让我再多用几天吧，用完我就还你。

伊布说，你别跟我嬉皮笑脸的！今天必须给我！

虎飞依旧嬉皮笑脸地说，你还认真了！我都跟你实话实说了，你连我都信不过？就几天，你又不急着用。

伊布摇摇头，说，马上给我！

虎飞摆出示弱的姿态，使出恳求的口吻说，哎呀，咱哥俩别较劲行吗？我这可是人命关天的事，回头再跟你解释，再用两天，好吧。

伊布无奈，突然改口道，那你让我看一眼，这总可以吧。

虎飞没有拒绝，撸起了袖子，手表端端正正地戴在虎飞的右手腕上，那么近又那么远，一种久别重逢的辛酸让伊布按捺不住激动的情绪，猛地扑了过去，像一只突然跃起的豹子，又像一只突然蹦起的青蛙。

虎飞被伊布扑倒，两人叠加在一起的重量加上速度的冲击，直接压垮了木茶几，茶碗和瓷杯碎了一地。两人在残骸之中翻滚纠缠，连拉带拽，连踢带踹，奋不顾身地争抢着手表。

伊布急了，干脆拿额头去撞击虎飞的面门，可虎飞还是顽强地护住手表，任凭伊布想尽办法掰他的手指，甚至是张嘴去咬……

突然之间，伊布犹如一台电动玩具，在电量耗尽的一瞬间戛然而止。

只剩下虎飞如释重负般喘着气。狰狞的面孔在一切归于平静之后，才逐渐放松下来，虎飞缓了半天，推开伊布，从一片狼藉中爬起。

等伊布回过神时，发现自己竟然坐在墙角，虎飞跟他隔着一段安全距离，估计是以防他再有什么举动，虎飞还来得及触动暂停按钮。伊布骂道，虎飞，你他妈混蛋！你倒还活学活用了！

虎飞正用冰袋敷着额头，虽然鼻青脸肿，但还是一副胜利者的姿态，手表依旧戴在腕上。

你看我被你弄得满脸是伤……虎飞说完扔给伊布一根烟，自己点上，再把打火机抛给伊布，说，这就叫“一表在手，没有对手”，我劝你别来硬的了，你又占不到便宜，手表到时候还你就是了，何必非要现在争个你死我活呢？！

伊布吐着烟圈，骂道，少废话，把表给我！

虎飞指着手背上的牙印，还有眼角的口子，大声对伊布说，你瞅瞅这儿，还有这儿，再看看你自己，连根毛都没少，还有脸说我，你是我兄弟吗？我要真不是个善茬儿，摁了暂停真能给你扔楼下去。

伊布狠狠吸了口烟，嚷道，来呀，有种你扔！

虎飞用安抚的口吻说，我没种，行了吧。我都说了，用完就还你，我对我爸妈发誓，我又不可能跑了。咱别闹了，行不行？

伊布估计也是累了，长长地吐出一口气，说，后天上午，无论如何要把表给我送过来，我答应过一一，别让我在孩子面前再食言。记住了!

离开虎飞家，伊布强打起精神去林好家找一一。

赶到时，一一已经睡着了。

伊布蹲在床边看着一一熟睡的样子，心里踏实了不少，不知过了多久，才轻轻起身离开。临走时，林好用略带责备的语气问伊布道，你这些天到底怎么回事啊?伊布摆了摆手，什么也没解释，唯独请求林好带话给一一，后天他一定会去学校看他的演出。

演出当天，伊布没再食言，只是赶到会场时稍稍晚了一些，一一所在班级的表演即将结束时，伊布以令人意想不到的方式出现了。

只见伊布浑身上下湿淋淋的，走起路来一瘸一拐，鞋子里还会发出噗滋噗滋的响声，留在地上一个个湿漉漉的脚印。一身普通的不能再普通的装束，浅灰色运动裤，贴身打底衫，衣裤上布满了生鸡蛋碎裂后溅出的卵白和卵黄，混杂着大量西红柿汁屑，中间还夹杂着细小的蛋壳屑，看上去斑驳又花哨，在伊布的圆领上甚至还挂着几块较大的蛋壳碎片。伊布的脸青一块紫一块，布满了似干未干的卵黄，还掺杂着红色的血丝，如同滋出来的番茄酱，伴随瓤屑和蛋壳，显得错落有致。

整个人宛如一尊极具风格化的活体雕像，戏谑感与现代性大胆融合又相得益彰。西红柿鸡蛋，这两个日常元素成为创意的点睛之笔，让设计不仅仅停留在表象，而是融入到角色体验之中，亦将角色质感和想象空间融入到化装舞会里去。

学生们或许意识不到这么深层次的艺术趣味，却纷纷将目光投向伊布，并不约而同地喊出了“蛋壳侠”，伴随一阵阵起哄般的欢呼，整个会场的气氛被伊布一人点燃……

伊布竟然以最高票数获得了此次校园化装舞会“最具创意家长”的荣誉。上台领奖时，面对台下此起彼伏的“蛋壳侠”的欢呼声，伊布既尴尬又紧张地说，谢谢，谢谢大家叫我蛋壳侠……我，我也没有想到……呃……我要谢谢我的儿子一一，你才是最棒的！

现场的渲染音乐响起，一一在人群中似笑非笑，显得比伊布还不好意思。毫无疑问，他的内心是欣慰的，只是没有挂在脸上，机械地跟旁人一起鼓掌，也许更多的是暗中庆幸，这个当爹的总算没给自己丢脸。

活动结束，伊布独自去洗手间洗脸，洗得有些吃力，嘴里不由得发出“嘶嘶”的声响。一旦脸上的附着物被彻底洗去，青紫色的印迹便更加显眼。望着镜子里的自己，绝对可以用鼻青脸肿来形容，更让伊布不爽的是，一颗下牙竟然松动了，牙床还在不断往外渗血。

一一跟进洗手间，当他透过镜子看到伊布的脸时，并没有太过惊讶，随口问道，咦，你的脸怎么了？

伊布笑着反问道，怎么样？我这一脸妆效果不错吧？

一一说，哦，算你厉害！

伊布纠正道，不是我厉害，是我的化妆师厉害。别小看化妆这门手艺啊，它也算艺术创作的一种……

一一突然打断伊布道，哎，你的牙……流血了？

伊布边说边用手里的纸团抹着嘴，故作轻松地说，拍戏用的道具药丸而已！细节，知道吗，细节最重要了，这是为了表现出蛋壳侠英勇作战轻伤不下火线的顽强。

一一恍然大悟道，这样啊，那你成功了。

伊布俯下身摁住一一的双臂，兴奋地说，那今天晚上必须好好庆祝一下！

一一笑了笑，却说，不行啊，我待会儿还有事，你先把手表给我吧。

伊布眨巴着眼睛，问道，你，有什么事？

一一严肃地说，哎呀你别管了，快把手表给我！

伊布叹了口气，遗憾地说，哎呀，都怪我，都怪我，忙着化装舞会的事，都忘了跟你讲了，你猜怎么着，昨儿晚上我都把手表给你准备好了，突然又发现手表的指针莫名其妙不走了，怎么摁键也没反应，我就急了，跑了好几家 24 小时便利店，都没找到对号的电池，其他规格尺寸又都不合适，我就只能赶今儿一大早去专门的手表维修中心，那儿的专家一看，说这种电池他们从来就没见过，也没有生产过，要想继续使用，只能再找人专门生产配装，还真是蝎子拉屎——独一份。我也没办法，只能把表留在那儿了，不过我跟他们讲了，无论如何，这两天必须搞定，第一时间送到我手上。

一一冷笑一声打断了伊布，这是一天之内，一一送给伊布的第二个笑，意味却同之前截然不同。

一一摔门而去。

伊布闭上了眼睛，或许他早料到会是这样的结果，竟然面无表情。

可伊布还是追了出去，只是他也不清楚追出去跟一一再怎么解释，想必一一早识破了伊布的话，的确，伊布是在扯谎，这个谎即便是善意的，却实在没有编圆。伊布执意这么做，出于一种本能，他不想让儿子知道发生了什么。

好几个小时之前，在接到虎飞的电话之前，伊布就产生了不祥的预感，生怕这小子又出岔子，一万个担心他没法及时还回手表，没想到，墨菲定律应验了。

虎飞在电话里跟伊布连解释带道歉，语气软弱且言辞恳切，伊布根本听不进去，甚至连一句话也没有说，因为没有必要了。

伊布但凡能化作一团强电流，一定会从话筒这头钻过去电死虎飞，还得是高压电的强度。

伊布什么也做不了，更不知道该如何跟一一交代，之前答应好的事，却要再让他失望一次，弄得伊布都害怕面对一一了，觉得自己欠他太多，今后迟早要还，更怕还不起。这是做父亲感觉最悲哀的。

大雨突如其来，也真会挑时候。雨一来，悲凉情绪全来了，大自然最会营造气氛了。伊布讨厌下雨，讨厌这时候的矫情，他失魂落魄地朝公园走去，快餐车在那里停了好几天了，他得把它开走，本来是想开着它上虎飞那儿把表取回来，然后再去学校，现在他有些迟疑了。

伊布摸出手机，在犹豫要不要拨给一一，要不要现在就如实告诉他，自己心里藏不住事的毛病又犯了，不说出来就惴惴不安，手指都点开一一的号码拨出去了，想想还是算了，一一本来高高兴兴地要在化装舞会上演出，现在告诉他，势必影响他的情绪，扰了他的兴致，还是等化装舞会过后再跟他讲吧，兴许那时打个岔就过去了呢。伊布让自己沉住气，实际上也是在宽慰自己，要不然，还是照原计划，去参加化装舞会吧。

还没走到快餐车跟前，就见一辆拖车轰隆隆开过，十分粗暴无理地溅了他一身水。伊布在后头大声叫骂，抓起地上的石子扔了好几个，拖车没任何反应。

伊布心想，今天是什么狗日子？

今天的确是狗日子。当快餐车出现在伊布的视野里时，三五个人正陆续将车里的东西一件件扔出来，也不知道这帮人怎么开的门。之前那辆拖车就停在旁边，足以说明来者不善。

伊布上前问道，你们这是干吗？

竟然没人理会，一个个都气势汹汹，动作麻利，跟鬼子洗劫老乡家简直如出一辙。

伊布只好大叫道，再不停下，我马上报警了！

这下有回应了，其中站着指挥的矮大粗扭过脸来笑着对伊布说，你是车主吧，报啊，你报，赶紧的！

伊布掏出手机，着急忙慌地要拨号，却被矮大粗一把抢过来，恶狠狠地说，报了警一样办你！说着，甩开膀子将手机扔了出去。那手机在空中飞行的短暂姿态，还真像一个方形扁式打火机，优雅地点燃了伊布胸中蓄积已久却没处撒的怒火。

伊布揪住矮大粗的衣领，还没来得及抡拳头，就被对方一把摁倒在地。两人完全不在同一重量级。

菜、面、油、蛋等核心食材也被扔出车外，紧接着，拖车登场了，又是吊挂又是轮轨，将快餐车牢牢挟制住，快餐车像一只被困在蜘蛛网上的飞虫，翅膀动弹不得，连挣扎的机会都没有，只能等待命运的裁决。

伊布从地上爬起来，大声嚷嚷道，你们凭什么这么做？！

矮大粗却招呼着手下上车，看样子是要收工，连一句话都不跟伊布解释。伊布眼瞅着快餐车就要被拉走，好像母亲目睹孩子被人拐跑却又无能为力，尤其是车身上的图案，都是一一的心血，这一刻，伊布仿佛第一次完整地看到了一一的画，也终于看明白了一一对于颜色层次和韵味的把握，看似随意实则暗藏规律，纯自然与微设计相得益彰，令人赏心悦目。

“啪”的一口痰让伊布回过了神，痰正吐在了快餐车的车身上，位置不偏不倚，似乎就在一一整幅画作的正中间。吐痰的就是矮大粗本人，不知他是有意还是无意，总之，那一张脸让伊布彻底爆发了。

伊布抓起被扔在地上的一面案板，用尽全力砸向矮大粗的脑袋，案板碎成了两半，矮大粗也应声倒地。

紧接着，伊布不顾一切地冲到拖车前，试图拦住这帮强盗，当然，这个举动无异于飞蛾扑火。

当伊布被踩在地上挨揍的时候，恐怕一定会想到“暂停时间的手表”，若是能有它在，这些事或许就会迎刃而解，那一瞬

着，早已浸湿了伊布的衣服裤子，这下可好，“蛋壳侠”身上的颜色更鲜艳了。

一一的眼泪不住地往下掉，操着哭腔对伊布说，你快点救她呀！你手表呢？怎么不摁暂停？你不给我就算了，救人要紧，赶紧摁呀！

平日里吃喝玩乐打打闹闹摁了那么多次暂停，没有一次像现在这般重要，若能够让时间停下，为抢救生命争取到更充裕的时间，或许就不会有十万火急这类形容词了。

伊布只能抱着小沫下车，一路狂奔向医院。

一一跟在后头一路小跑，跑着跑着天上又下起了雨，一一脸上的雨水和泪水混在了一起。

小沫被推进了急救室。

一一和伊布只能在外面站着等，两人相隔一段距离，被雨水浇透的衣裤贴在身上，裤角还在滴水，却都无动于衷，像丢了魂一样。此刻的楼道格外安静，没有步履匆忙的医护人员，没有穿梭往复的病患推车，更没有陪护家属的焦虑徘徊，悠长僻静的楼道就留给了伊布和一一两个人。

伊布打破沉默，走到一一身前，想帮他拧一下湿透了的衣服，却被一一狠狠地推开了。

你这样会感冒的！伊布关切地说。

一一带着哭腔说，小沫都那样了，你还有心思说这个！

伊布只好原地不动。

过了一会儿，一一缓缓地说，小沫也真够倒霉的，今天是她的生日……

伊布看着一一，也不知道该说什么。

一一接着说，小沫跟我们班其他女生不一样，她喜欢慢的东西，一些别人注意不到的东西……我本来是想要来手表，给她过生日的……我想让她开开眼，看看时间暂停以后，静止的世界是什么样的，给她惊喜……她喜欢烟火，却又觉得烟火很快就放没了，那我就摁暂停让她一次看个够……她还羡慕飞机场和火车站里接人的时候，大家脸上的那些表情，有的笑，有的拥抱在一起，有的握手，还有的在哭，各种各样的表情……小沫还喜欢看餐厅里、游乐场上爸爸妈妈给小孩子喂饭，让小孩子喝水……对了，小沫画儿画得很好，她喜欢画这些东西，摁了暂停以后她就可以不被打扰，安安静静画个够了……

话到这里，一一反倒不哭了。

一一没说任何责备伊布的话，但伊布内心却更加自责和内疚，低下头嗫嚅道，对不起，对不起……

声音很小，但他确信一一听得见，他也猜到，一一绝不会对自己没有怨恨。

然而，伊布却怨恨另一个人，确切地说，可以上升为一种仇恨。伊布胸口里的怒火越烧越旺，即便是装备最为精良、素质最为过硬的甲级消防队，也不可能扑灭。

虎飞人间蒸发了似的，家里没人，手机关机，个人社交媒体上也没有任何动静，虎飞常去的几乎所有地方，但凡伊布能想到，他都去找过了，没有一丁点踪迹。

伊布急得都想报警了，可稍一琢磨，不能那么做。他体会到了一种被人生愚弄跟抛弃的感觉。

支撑他活下去的最主要动力甚至不是一一，而是找虎飞报仇。伊布忽然明白，反目成仇有时并不需要什么递进，跟多米诺骨牌效应不同，而是坐着火箭一眨眼就冲出了大气层，突然间的位移和质变实在令人惊愕不已。

小沫出院了，却变得更加木讷不爱说话，不知道这是不是大夫之前所说的后遗症。伊布满怀歉疚，买了好多补品、零食以及玩具让一一带过去看她。一一把玩具扔到一边，只带上了补品和零食，理由是，小沫不会对那些女孩类的玩具感兴趣的。

一一见到小沫头上的纱布还有脸上的疤痕时，一下就哭了，边哭边自责地说，对不起，都怪我。

小抹却说，不怪你，其实过马路之前，我就有预感了……

一一不解地望着她。

我预感到可能会出事，真的，我知道这么说有点玄乎，但当时我就觉得会有车突然开过来刹不住……

你别说了！

小沫的话似乎在戳一一的痛处。

小沫直愣愣地望着天花板，接着说，又能怎样呢，疼也就是疼那么一下，人一死不就什么事都没有了。

一一紧张地望着小沫道，你什么意思？

小沫回过神，笑着说，没什么，我瞎说呢。不过，我昏迷的时候想的是，假如我没能见一眼我爸，那真是挺遗憾的……

那你还犹豫什么？一一问道。

回家路上，一一还在琢磨小沫和他讲的每一句话，显得心事重重，伊布问他，他始终也没有回答。两人的状态如同一对刚刚领完离婚证的夫妻，即便不再在乎彼此，举止神态仍带着一丁点默契，看似平静且释然的背后，或许还隐藏着一些更复杂的思绪。

伊布和一一回到家，在家门外的楼道里撞见了几个陌生的面孔。长期躲债的经验让伊布有了一种异于常人的敏感，光闻气味就能猜出这帮人是来干吗的，于是，伊布一把拽住一一的胳膊撞开消防通道的大门，沿着楼梯向下跑去。

还没下几层，就听见楼下传来了急促的脚步声，伊布便又拽着一一扭头往楼上跑，却听见隐约传来的对讲机声，看来对方正在遥控实施“上下共进”的封堵战术。两人只好转去乘电梯，摁了半天电梯钮，却发现电梯根本不来，再一看停留层数也完全不动，一猜就知道电梯被人上下把住了。关键时刻，伊布决定随便敲开一户人家，进去躲一躲，可一连敲了好几户，要么彻底没应答，要么就是赶紧关门，甚至还有的恶语相向，伊布估计这辈子吃的闭门羹都不如今天多，看来如今左邻右舍的人情味大打折扣。

就这样，伊布和一一在走投无路的情况下，被追债公司的优秀员工们活捉了。

伊布还想挣扎，却无济于事，优秀员工再优秀也并不斯文，一个个露出了悍匪的本质，下手毫不留情，准备拿伊布当人肉靶子。

伊布是条汉子，至少他自己这么认为，最主要的是扛揍，另外，敢于并善于适度还击，并不会因为自己势单力薄，对方人多势众，就彻底认怂了，起码逮着空给了对方好几下，每次下手都正好命中面门，还一度踢中了对方的要害。每当伊布零敲碎打地还击过后，都会迎来对方又一轮集体猛扑，拳脚如疾风骤雨般拍下来，伊布干脆卧倒在地上打滚，以便尽可能让力量分散消解掉，事实上，这是没有什么理论依据的。

伊布上次挨揍的肿包还没下去，这次再添新伤，对方踢打在他旧伤的部位时，叠加的疼痛，每一次都足以痛彻心扉，如果死刑里有一种行刑方式美其名曰“疼死”，那么伊布所受的，只需再增加点数量，距离致死就不远了。

仿佛身体里有无数个大小不一的炸点，伊布每挨一下打，就会有一个炸点爆炸，那疼痛，就是由这次爆炸所引发的。伊布甚至能够清楚地感觉到无数个炸点连续不断爆炸，炸裂开的弹片在他体内循环往复横冲直撞，对了，就是小时候把半袋跳跳糖一股脑儿倒进嘴里的感觉！

伊布最关心的当然是一一，他不断冲对手嚷嚷道，别碰小孩，跟他没关系，让他走！

可对方就是不听，越说人家越不听，竟然上去俩糙老爷们死死将弱小的一一摁在角落里。有这么个规律，类似场合里，相似情境下，即便再强悍再勇猛再能扛的人也会暴露死穴，往往就是家人，尤其是老婆、父母、孩子。一旦这点被拿住了，这个人就失去了战斗力。

当然，这帮优秀员工本来是不准备揍一一的，可一一不忍心看着父亲被打，情急之下咬了一个壮汉的手，稍微再用点力，估计就能掉下块肉来，这就给他招来了和父亲类似的待遇。一一的脑袋撞在了墙上，那一声闷响，伊布听得清清楚楚，他想做点什么，却什么也做不了。

警察赶到时，壮汉们早走了，恨不得现场连个脚印都不留下。

只见一个孩子抱着满脸是血且失去了知觉的大人，可怜兮兮地坐在楼道的角落里，表情还挺坚毅。一名警察随口问道，这人谁啊？

一一毫不犹豫地回答道，快，送我爸去医院吧……

伊布记不清这半年里前前后后进过几次医院，又是第几次在医院醒来了。当他睁开眼的时候，看见一一正趴在床尾，明显是处在熟睡中，墙上的电视开着，也丝毫没有影响他。

伊布伸手轻摸一一的脑袋，明显摸到了一个肿起来的大包，他立刻回想到一一被推倒后脑袋撞在墙上的那一声闷响。

归根结底，都怪虎飞！就算把讨债的壮汉一个个全部杀掉，也解不了他对于虎飞的心头之恨！

眼下，连住处都暴露了，这无疑让伊布彻底没有了安全感，能失去的都已经失去了，就剩下这么一个儿子，却连保护他的能力都没有。他终于明白了，做父母的，一旦保护不了自己的孩子，那种感觉比死还要痛苦。

电视的声音虽然开得不大，但新闻报道却立刻吸引了伊布的注意力，他双眼紧盯着屏幕，恨不得把耳朵也竖起来……报道称，北京市区近一周内发生了多起失窃案，多数是针对商店收银柜或超市等商铺，其中还有名表店和珠宝店，遗憾的是偷窃者在现场都没有留下任何线索。更为诡异的是，数家商铺的监控设备都未能拍到任何与之有关的图像，这直接增加了公安机关在案件侦破上的难度。与此同时，个人财物失窃案的案发率也迅速上升，仅某区分局各辖区派出所汇总，一周内至少接到一百余起随身财物失窃的报案，从调查统计结果来看，失窃报案的情形几乎如出一辙，这令人匪夷所思。另外，女性遭到性侵犯的案件也集中在这一周内连续发生……

伊布听不下去了，抓起一旁的遥控器，关掉了电视。

一间灯光昏暗的房间里，气氛氤氲萎靡。这种昏暗并非简陋破旧、光源不足，反倒精良考究、颇具格调，明显是人为调节成如此具有神秘感的低度光亮。

灯光之外的阴影下，一张大木桌的正中央放着一个黑色布袋。

虎飞抓起黑色布袋，还挺沉，他打开朝里看了一眼，透明塑料袋包裹着，白花花的，每袋大概都跟超市里卖的精碘盐普通装大小差不多，加起来估计有十几袋。

大木桌后头坐着一个人，处在阴影之中，看不见脸，嗓音沙哑，说，信你一次，时间在明天上午。

虎飞志在必得地说，放心，上次能帮你的人进来，这次就能帮你的货出去。只有我能办到。

黑暗中的人没有说什么，嗓子里发出了听起来像“哼”也像“嗯”的声音，也许是什么想法在他脑中闪过，总之，什么也没说。

虎飞离开以后，黑暗中的沙哑嗓音冲一旁吩咐道，盯着他。

二环边上，虎飞家所在的那栋公寓楼。时间已是凌晨三点，整栋大楼里还亮灯的窗户寥寥无几。

虎飞拎着黑色布袋鬼鬼祟祟地出现在楼道里，他将手指触放在手表按钮上，警觉地扫视了四周一圈，在静谧之中仔细聆听了片刻，确认没有任何异常之后，才掏出钥匙，插入锁眼，动作娴熟流畅，犹如一位老练的特工。可就在推开门的一刹那，虎飞感觉眼前突然一黑，接着就倒了下去。

待虎飞醒来，蒙眬的视野里，伊布的面孔逐渐清晰。虎飞头痛欲裂，感觉半边身子都木了，想动弹一下，却发现手脚都被死死地捆住了。

伊布坐在虎飞的弧形靠背椅上，手里握着一根棒球棒，球棒上有著名棒球明星罗德里格斯的签名。一一搬离豪宅后，这是他随身带出来为数不多的几件“宝贝”之一，球棒曾击打过伊布的脑袋，并导致他陷入昏迷。伊布是进了医院以后过了一夜才醒来的，而虎飞倒地后，距离他睁眼，才不到半个小时，这让伊布心理不太平衡，似乎从侧面证明，他虎飞的身体素质和恢复机能要比伊布好得多。

伊布安慰自己，其实是因为自己下手没一一狠。

伊布扬了扬手腕，“暂停时间的手表”已经重新戴在自己手上。这就叫完表归伊，说完这句，伊布就笑了，笑得还很温柔，仿佛曾经的怒火和仇恨，都被这一笑给抛到了脑后。

虎飞见伊布表情趋于平和，忙装可怜似的解释道，不是我故意不还你，你别生气，前几天我确实有急用。你知道，嗑了药以后，容易神志不清，我当时迷迷糊糊的把什么都忘了，后来想起来，可也来不及了……

伊布蓦地冷笑一声，打断了虎飞，虎飞迟疑地望着伊布。伊布则说，接着说。

虎飞接着说，我真忘了，真不是故意的，是我不对，你看咱俩这么多年兄弟……

别谈兄弟！你躲他妈什么躲？伊布又一次打断虎飞的话。

虎飞一怔，忙解释道，我真不是躲，我这，忙来忙去的……

你是忙，尽忙着干坏事了，就差没杀人了吧？伊布语气生冷。

虎飞上半身拼命向上努着，像是直立起上肢争食吃的狗崽子，不遗余力地争辩道，没有没有，我是之前买粉欠人钱，好不容易还完，恰好帮了卖家一次，人现在又要我跑货，卖谁不是卖，干吗跟钱过不去啊，你说是不是？我知道，你小子影子再斜，身子也歪不了，你说我干坏事，是，我承认，可你想想，这年头，要么是有权势的，要么是从低下爬上去的，不论哪个行当，谁没干过点操蛋事啊？这叫原罪，你懂吗？创造历史的那帮人，手上还他妈沾着群众的鲜血呢。车尔尼雪夫斯基说过的，没错吧？别以为我糙，肚子里就没点墨水了，一套一套大话谁不会说呀，你想想你，就你现在这德行，有手表干吗不物尽其用呀？干吗跟自己过不去？ 你看不惯我，可你为什么不能适应呢？咱哥俩可以一起干呀，有手表在，咱想干吗，反正没人知道……对了，我这批货可值钱了。

说着，虎飞一个机灵，眼珠子滴溜乱转四下找来找去，问道，哎，我那袋子呢？黑色的？

伊布望着他，没有回答。

虎飞急了，嚷道，说话呀！袋子呢？！

伊布依旧没有回答，突然一把揪住了虎飞的衣领，将他直接从地上拽了起来，说，我看你是无药可救了。

说着，将一块事先准备好的胶布拍在了虎飞嘴上，再将他拖进了卫生间，只见那十几袋白粉正横七竖八地躺在地上。接着，伊布当着虎飞的面，将一袋白粉撕开，一股脑儿倒进了马桶。

十几袋白粉就这么被伊布全部倒掉了。伊布自言自语道，可别把马桶堵了。说着，摁动了马桶拴，冲水声盖住了虎飞喉咙里发出的挣扎。虎飞嘴里那“值钱的一批货”瞬间奔向了汇集污秽物的阴暗潮湿之地，除非能被直接引入乡下农田，否则，将彻底一文不值。

虎飞眼珠子瞪出了血，驽动身体向伊布扑去，却撞在马桶上，晕了过去。

伊布终于拿回了属于自己的“手表”，感觉像在做梦。他从来没想过有一天会和虎飞闹得如此惨烈，本是人民内部矛盾，竟以敌我矛盾收场。

回到家，伊布不知不觉被冻得瑟瑟发抖。时间是清晨五点半，可天色漆黑，按理说，都夏天了，天早就该亮了。

一一去林好老师家住了，这么安排也是为安全考虑，仔细想想也够滑稽的，和平年代，普通人在自己家里竟然也会担心敌人找上门来。好在手表戴在腕上，伊布心里踏实多了。

伊布睡不着觉，披着毯子便坐到了电脑前。屏幕亮起后，智能操作系统跟伊布寒暄，伊布随口回应了一下，智能系统便将早间新闻推送出来。

新闻称，北京在事先未有任何征兆的情况下，突遭冷空气来袭，气温出现异常，昼夜温差拉大，白天最高温度仅为 9 摄氏度，夜晚最高温度低至 0 摄氏度以下，创造了本市气象观测以来的历史最低纪录，同时，根据监测显示，日照时间缩短，昼夜更替出现极为反常的不规律现象。目前，国家气象局尚无法对此现象做出解释，世界联合气象组织及世界气候大会等相关专家已经就此展开调查与研究，有关部门也将启动预警措施……

伊布腾地一下从椅子上站了起来，身上的毯子滑落，转眼望向窗外，依旧漆黑一片。难道是世界末日？

不可能吧。

已经是 2018 年了，世界末日和地球毁灭的段子早过时了，伊布奇怪的直觉促使他怀疑，这一切似乎跟“暂停时间的手表”有关。

想起之前公安部门一直未能破获的一系列违法案件，伊布感到一种前所未有的忧虑，倒不是什么自责，而是突然意识到“手表“可能会带来难以估量的后果，如同蝴蝶效应一般，说不定会波及数千万人，影响一万多平方公里，北京之外什么情况他还不知道，照目前这个态势，过不了多久恐怕就能从新闻里听到各种诡异的消息。

往后还会带来哪些恶果，谁也不知道。

伊布突然想赶紧结束这一切，他想起了范博士。如果这一切真跟“手表”有关，那么他才算始作俑者，只有把手表还给他，才可能撇清自己。伊布告诫自己，不能再患得患失了。

在此之前，他还得办一件更重要的事。

伊布约大姨子见面，同意了她之前提出的交易。

大姨子只提了一个问题，为什么突然想通了？

伊布回答说，让一一跟着你，我心里起码能踏实点。

大姨子见伊布如此干脆，便说，那好，给我个账号，钱我会让人汇给你。

钱的事再说。伊布的话更干脆。

大姨子不解道，干吗再说？

伊布想了想，说，除了用来还债，多余的钱我一分不要。

大姨子接着问道，那好。不过，你征求过一一本人的意思吗？

伊布愣了一下，说，他会答应的。

你确定？大姨子似乎有些担忧。

伊布说，确定。

实际上伊布并不确定该怎么跟一一开口，不过，跟他大姨去上海过更好的生活，他绞尽脑汁翻来覆去也找不到拒绝的理由。

伊布去林好家接一一，一一也没问为什么，至少没当着林好老师的面非要伊布给出个说法。

回家的出租车上，两人都在沉默。伊布想说点什么，打破这种沉默，却找不出话题来。伊布降下一截车窗，让风吹了进来，试图借助风的力量，让一一先开口，哪怕一一说，把窗户摇上去吧，风吹得有点凉，伊布也可以故作幽默，回答说，这窗户摇不上去，没有摇杆，是电动的……

总之，假装不经意地说些什么，不至于让沉默封闭住彼此。

不知道是不是一一已经有了预感，还是他压根不愿被接回家，反正，情绪不高。伊布本打算在路上提前预热，等到了家再将最重要的话和盘托出，可自己也哑了火。要不然就捡重点直接告知他自己的决定，可又担心一一情感上接受不了，于是，伊布就先忍着。

等进了家门之后，伊布忍无可忍还是说了，说得甚至有点轻描淡写，像是一句通告，或许在伊布看来，也只能是一句通告。

一一坐在沙发上沉默。

伊布继续说，现在就收拾一下东西吧，明天早上人就来接你了。

一一没有反应。

伊布叹了口气道，是有点突然，不过，都是为你好。

一一把脸扭向了一边。

伊布见状，把脸凑到一一面前，像是在用这样的姿态来迫使他回答。伊布说，听见了吗？

听见了！一一说罢起身，明显很不耐烦。

你干吗去？伊布问道。

拉屎！一一不耐烦地回答。

伊布愣了一下，只好说，那行，我先帮你收拾。

一一关上洗手间的门，站在镜子跟前盯着自己，

当他从洗手间出来时，伊布已经把他的衣物叠放得平整有序，正一件件放进行李箱，书本在箱子的最下面托底，紧接着是衣裤，最上面是一些轻便的玩具等物品，摆放布局极有条理，这一刻，伊布看上去真像是一位细心的母亲……

伊布告诉一一，他所有东西都在箱子里了。

一一什么也没说，蹲下来就开始在箱子里翻找东西，将叠好的衣裤全部扔了出来。

伊布问道，你这是干吗？

一一爱答不理地回答说，找东西。

说着，又将箱子底下的书一本本抽出来，抓在手上飞页似的快翻，的确像是在找夹在书里的什么东西。

伊布诧异地问道，你找什么？

一一没有理睬，丝毫不顾忌伊布的劳动成果，眼看着作为施工者刚搭建起来的一座房子，转眼就被房主拆成了废墟一片。伊布抓住一一的胳膊，说，问你话呢。

一一甩开伊布的手，继续将翻过的书扔到箱子外。

伊布将一一拽了起来，说，别扔了！

一一推开伊布的手，蹲下来继续。

伊布下了最后通牒道，我让你别扔了，我说最后一遍！

一一不再扔了，是因为箱子里的东西已经被扔空了。这自然不是伊布想要的，他冲一一命令道，找完了吗？收拾了！

一一却抬起脚将行李箱直接踢翻，动作干净利落。

这一脚出乎了伊布的预料，质问道，你什么意思？！

你不就是为了钱才拿我做交易吗！一一说。

你说什么！？伊布惊愕道。

你就是没本事！一一抬高声调。

伊布打了他一巴掌，吼道，我是没本事，可你明天走也得走，不走也得走！

我不走！一一眼泪横飞。

伊布又给了他一巴掌，怒吼道，敢不走！？

一一用尽全力回应那两个字，不走！

怒火让伊布力大无比，竟直接将一一举了起来，狠狠地摔在了床上。

接着，伊布将家里能砸到的东西全部砸了，整个屋里玻璃碴四溅，碎块横飞，制造出的噪音恨不得把全楼的人都从睡梦中惊醒。伊布先后上演了赤手空拳砸电视、力拔千斤摔餐桌、抡球棒破击实物等一出出好戏，由于发力过猛，还不停地伤到自己，全身上下很快就挂了彩，伊布却毫不在意，癫狂地发泄着，怒吼着，看起来就像一名失控的狂躁症患者在自残。

一直到最后，一一才哀求道，别打了，我走，我走……

假若一一不说这样的话，伊布真不知道该怎么下台阶，他撒泼发疯打砸自残，或许就是为了能侥幸求得这样一个结果。

伊布站在废墟之中，气喘吁吁地对一一说，好，你说的，明天乖乖滚蛋，现在马上把你那些破烂玩意儿收拾好！

一一战战兢兢地从床上下来，一边抽泣，一边捡起地上的书和衣物，动作虽慢，但明显是顺从的，像一只被主人用暴力权威制服了的宠物。

伊布转身出了门，之前歇斯底里的惯性导致他关门还是用力过猛，摔门那一下吓到了一一。

等伊布从外面买了酒回来时，一一已经趴在床边睡着了，行李箱就孤零零地立在一旁，一副整装待发的样子。

伊布放轻手脚，将沙发从地上搬了起来，放好扶正，然后坐了上去。他咬开啤酒瓶盖，咕嘟咕嘟一口气吹了一瓶下去，将瓶口从嘴边拿开时忍不住抽泣了起来，由于怕吵着一一，他捂住了口鼻，不敢哭出声来，整个后背不住地抖动。他索性摁了暂停，然后才放声大哭。

伊布好久没哭过了，越长时间不哭，累积下来的泪水就越多，一旦逮住这么一个契机，眼泪根本止不住。

伊布本想再仔细打量一下熟睡中的一一，反正也吵不醒他，可迟疑了片刻，告诉自己还是算了吧，在他看来这就是走过场，乌漆麻黑有什么可看的。他反思了一下，还不是因为长年累月被各种课本和影视剧所影响，连情感趣味都没有了想象力，一说到亲情，就是熟睡中端详，烛台下纳鞋底，苍老的背影在雨中撑伞，或是沉默寡言不会表达的父亲对倔强自我的儿子从来没好听话，到儿行千里时却比母亲还要担忧，多少年操碎了心就是不让人知道，临死前才其言也善，吐露了真情却错过了一生，等等。伊布不想再重复别人用过的桥段。

伊布摁了一下按钮，结束了暂停，耳旁又恢复了一一轻微的鼾声。伊布默默地体会着这种感受……

伊布完全想不起来自己是怎么睡着的，再睁开眼时天都亮了，一一也不见了。

大姨子来电话的时候，伊布整个人都是蒙的。

怎么可能不见了？！ 大姨子丝毫不相信伊布的话，她怀疑伊布把一一藏起来了，直到她亲眼见到房间内的狼藉，如同遭到了台风袭击，一一的行李箱立于废墟中，像是在诉说着什么委屈。

一一的手机始终处于关机状态，就连电池定位追踪系统也消失了。

大姨子信了，于是，赶紧报了警。

一连好几天过去，仍旧没有一丁点消息。伊布发起高烧，整个人却很亢奋。伊布每次躺下都是因为实在支撑不住了，可眼睛合上没多久又会不由自主地醒来，整个人也愈发神经质，时不时会产生幻听，一想到一一，还是会感到呼吸困难。

这种状态没持续多久，伊布意外地接到了一个电话，是一位中年妇女打来的。伊布从声音里判断出了对方的年龄范围，在四十五到五十五岁之间，当然，他也有可能判断失误，如果对方实际不到四十岁，那么她一定很反感别人把她当中年妇女。不过，不管她反感与否，伊布都会对她充满感激，因为对方告诉了伊布一个他期待已久的好消息。

伊布试图让自己稍微理性一点，再求证一下这个消息的真实性，毕竟这几天以来，好几条线索如同“狼来了”一般给伊布的精神造成了折磨，虽然他依旧会在第一时间欣喜，可紧接着就会陷入一种掺杂着忧虑的情绪当中，生怕空欢喜一场，结果也一语成谶，令他感到眼前的天都不禁灰暗下来。

这一次，对方则通过手机发来了一张照片，照片里的一一半侧着脸，握着一个甜筒，乍一看，状态还不错……

伊布没再犹豫。根据对方提供的地址，来到了东五环边上的一个外表看上去挺普通的小区。小区据说是按经济适用房的标准盖的，可进去以后是不会相信这个说法了，园区内水系和树木精致，公共设施完整，再往深走去，楼群中竟然还有一面不小的湖泊，实在是别有洞天。

伊布在楼下摁了房号，很快，门锁“咔嗒”一声开了。伊布推门一走进门厅，迎面就走来了两个男子，神情里透着一丝不怀好意，伊布没来得及回头，就被一把刀顶住了腰眼，身后还有两个人，手掌尤为厚实，紧紧扣住他的双臂，把他弄疼了。

伊布无力挣扎，被押进电梯，上了六层。他们出了电梯，向走廊深处走去，目的地是一套空荡荡的房子。房子里除了地板铺过，跟毛坯房无异，房子的另一边是一块露台，竟完全没有封上，貌似是计划搭建的玻璃阳光房还没开始施工。

伊布当然不会认为自己是被黑中介强行拉来看房的，很显然自己处境不妙，但目前为止，他不清楚等待自己的到底是什么。

只见一个人从一个房间里走了出来，竟然是虎飞。虎飞脸色明显不好，多少有些紧张，但还是尽量摆出一副心安理得的样子。一起走出来的还有两个凶巴巴的男子，一看就像打手。

伊布没有力气说话了，任虎飞过来撸起了他的袖子。虎飞失望了。

表呢？虎飞对伊布说第一句话，省去寒暄。

伊布恍然大悟，原来这是一个事先做好的局。因此，他很干脆地回答说，见到一一，我就告诉你表在哪儿。

虎飞说，你先把表交出来，我们就放了一一。

伊布笑了笑，说，你可真逗，看港片起码也知道点交易常识吧，一手交钱一手交货，这都不懂？

虎飞只好凑到伊布耳边，低声说，一一现在不在这儿，不过你别担心，先把表给我，完了我肯定把一一带给你，我保证。再说了，这些人要孩子有什么用？

伊布说，我现在连你都不信，其他人更信不过。

虎飞意识到再讲下去也是徒劳，他回头朝里屋看了一眼，像是在拿眼神征求什么人的意见。

接着，又有三个男子走了出来，伊布一眼就认出了其中两个，以前好几次追债都有他们。

虎飞又凑到伊布跟前，在他耳边说，这帮讨债公司的人，其实都是我老板的弟兄，讨债公司的大股东其实就是我老板。

伊布说，我管你们拆伙还是合股，跟我有蛋关系！

虎飞拉下脸道，你拖欠那么大一笔债，还把我老板的粉冲了马桶，你觉得他们会饶了你？听我的，把表交出来，所有事一笔勾销，当然，我亲自把一一给你带回来。

伊布大笑起来，完全止不住了似的，弄得虎飞不知所措，其他人也诧异地望着他。

伊布笑完，瞬间恢复了平静，对虎飞说，我说过了，先把孩子给我。

虎飞说，把孩子还你，万一你一个按钮溜之大吉，那我们怎么办？

伊布说，你的意思是，先给你手表，你们才踏实。

虎飞点点头道，没错。

伊布想了想，说，可手表要是给了你们，你们做的可就是十二个字。

什么？虎飞皱起眉头。

伊布伸出手比划道，肆无忌惮，胡作非为，无法无天。

虎飞沉沉地叹了口气，失去了耐性，于是，他再一次回头，给伊布带来的是一顿拳打脚踢……

伊布在地上翻滚、挣扎，狼狈得满地开花。一阵雨点般的拳脚之后，大伙儿开始搜身，虎飞不相信手表不在伊布身上，因为以往他都是二十四小时从不摘掉的。问题是伊布最受不了搜身，由于人多手杂，上摸下掏，游走深入各敏感部位，加上伊布身上的痒痒肉本来就多，稍微一碰就会抓狂，以至于挂着两串鼻血却还一个劲儿地笑，笑得猥琐极了，那张血盆大口加剧了滑稽的效果。

虎飞突然发现伊布左手死死地握住拳头，明显攥着什么，虽然不知这东西是什么时候被伊布攥在手里的，但他确信那肯定是手表。

虎飞试图抠开伊布的手指，却给了伊布挣脱的机会，他像弹簧一样原地弹起，将手里的东西朝窗外使劲扔去，东西被玻璃窗挡了回来。虎飞等人追过去一看，只不过是一条表带，看来上当了！

只见伊布蹬掉一只鞋，伸手在鞋里摸着什么。虎飞意识到伊布一定在找手表，一旦让他摁了暂停，就彻底没戏了，虎飞竟像开了挂的反派，飞一般将伊布扑倒。随后，两人纠缠在了一起，翻滚扭打，撕扯推搡，一个抢一个护，仿佛双龙戏珠，旁人看的眼珠子都快蹦出来了，几乎分不清手表到底在谁手里。

两人的所有动作轨迹都留在了地板上，犹如一副完全看不懂的画，线条凌乱，更要拜那层厚厚的灰尘所赐，两人很快就被一层蒸腾而起的薄雾所笼罩。

最终，伊布和虎飞竟从露台上翻滚而下……

离开露台的那一瞬间，一个很简单的念头从伊布脑际中划过，死都死得这么窝囊，还是跟虎飞这么一糙老爷们儿一块儿，太遗憾了。

从六楼坠落至地面，只需要很短很短的时间，即便在这一眨眼的工夫里，伊布眼角的余光还是扫到了倾斜的景象，是地面，是绿树，是园区围栏，是围栏外的公交车……

即将着陆的正下方，竟然是那块人工湖泊，狗屎运来了！若人工湖足够深的话。

伊布在空中虽然没能摆脱虎飞，但在扎入湖面的一刹那，手指总算摁到了那个熟悉的按钮，像是挑战难度最大的山体岩墙，千辛万苦爬到顶端，为的就是在最后拍响那高耸岩顶的铃表，寻求的不只是胜利，还有释然，仿佛一切都结束了。

然而，此时一切却没有结束，伊布还是扎进了湖水之中，水面的冲击让他几乎疼晕过去。

当他挣扎着爬上湖岸时，却发现虎飞像尸体一样躺在不远处，凑近点再一看，虎飞真的成了一具尸体，脑袋枕在湖岸边的石阶上，脑浆都流出来了。

虎飞奄奄一息，眼珠却还在动。伊布第一次看到了活人的脑浆，顿时就吐了，吐完见虎飞还没闭眼，身体下的血漫延开来，嘴里的血沫也已经溢了出来。他喃喃地说，我快死了……

伊布完全慌了神，下意识重复着虎飞的话，说，你快死了……我知道……

虎飞咳嗽了一下，嘴里的血沫还在往外冒着，竟然冲伊布笑了一下，笑得十分勉强，甚至难以觉察，但是伊布看出来了，真印证了那句“人之将死，其言也善”，虎飞的表情也回归到了从前。伊布催促道，你快说，一一在哪儿？他在哪儿？！

虎飞喘气的频率越来越低，胸腔扩张的幅度也越来越小，张着嘴已经说不出话了，勉强抬起一只手，抓住了伊布的胳膊，用尽力气从嘴里蹦出了几个字，高，很高……

什么！？哪儿？！伊布把耳朵凑到虎飞嘴巴前时，虎飞停止了呼吸，两只眼睛直勾勾望着天空，就像伊布摁了暂停一样。

伊布没有使劲摇动虎飞的身体，也没有呼喊虎飞的名字，那都是徒劳。此刻伊布脑中一片空白，嘴里重复着自己听到的发音，“高”，“很高”……

这么一点信息太少太含糊了，伊布实在一头雾水。

紧接着，伊布就发现自己的小臂上竟出现了一个比表盘大一圈的椭圆，或者说是近似的一个圆形，线条上有三处不太规整，显得断断续续，但乍一看还像个圆，应该是虎飞最后时刻用带血的手指勾勒上去的。血迹很快就干了，在伊布的皮肤上显现出偏黑的色泽。

这又有什么含义呢?

然而，更反常的是，伊布落水前明明摁了暂停按钮，按理说，除去他本人之外的一切都会立刻暂停，虎飞应该悬在空中，虽说有地心引力作用，但不论是处于空中，还是其他任何地方，都遵循这一规则，要不然虎飞也不会摔死。

伊布琢磨了半天，突然明白了过来，回想到摁暂停时，虎飞的手跟自己的手相互接触，这才导致虎飞和伊布一样不受时间暂停的约束，因此才会继续下落，只不过他没伊布那么好的运气。

人死不能复生，死就好好死吧。伊布此刻的心情很难用语言形容。最终，他还是决定打电话报警。

当他试图结束暂停时，却突然发现手表按键失灵了!

表盘指针停滞，数显消失，所有按钮无论怎么摁，都没有任何反应。

伊布在慌忙之中抬起头，只见远处一架飞机悬停在高空中，估计原本是奔着新建成的大兴国际机场去的。再看他摔下来的地方——六层露台，那几名男子还保持着往下看的姿势，表情各异，只不过成了凝固住的蜡像。

这么说，一切都没法恢复了？

伊布拖着湿漉漉的身子，握着表跑出了小区，一边跑一边摁手表按钮，却始终没有任何反应。

伊布跑到大街上，不断变换方位，摇晃手表，像是搜找手机信号一般，甚至还找来烘干机，对着手表一阵猛烘，结果还是无济于事。伊布试着用老办法激活路人，却只能像触碰蜡像一般，他们无动于衷。

难道全世界只剩伊布一个活人了吗？！

伊布顿时有了一种“摊上大事”的心理，好像瞬间堕入了世界末日。

伊布找来了一辆自行车，决定立即去找范博士。眼下，范博士应该是唯一能够解决问题的人了。

骑到半道上，伊布又换了一辆 Smart，避开拥堵的主路，压着人行道一路开去。

凭借仅有的记忆，伊布总算找到了那座厂房的大铁门，门上还有那么一个牌子，“CAS Experimental Base”。

厂区里一个人也没有，安静得可以清楚地听到脚步的回声，这回声加剧了伊布的紧张情绪，他生怕再听到别的什么响动，那会带来不祥的征兆。虽然他迫切地希望一切能够恢复正常，但又担心突然碰到什么活物，会令他猝不及防。

之前那辆巴士竟然真让伊布给找到了，就在厂区深处的一个低矮的仓库旁，其实伊布也不确定那是不是仓库，反正看上去像。巴士依旧如同一辆献血车，车身上没有任何标志，干净得像是刚刚洗过。

伊布敲了敲车门，没有反应，这让他松了口气，万一里头真有回应，他反倒会觉得瘆得慌。伊布打算找工具撬开车门，或者砸碎玻璃从车窗翻进去，可找了一圈，四周没有任何可以借助的器械，连块石头都看不见。伊布站在原地考虑要不要去 Smart 里找副千斤顶或扳手过来，可无意中碰了一下门把，车门竟然鬼使神差地开了。

伊布怀着进神秘古堡探险的心理钻了进去。

车厢内，跟伊布之前来时几乎没区别，其实就算有区别他也未必看得出来，至少印象里是这样，监控屏幕，全息投影，电脑设备，操作平台，转轮座椅，等等。伊布还记得范博士当时跟他介绍的，叫什么时间停摆实验室，也许吧，重要的是，头发蓬松的范博士就坐在座椅上以背示人，不用说，他也被暂停了。

伊布走上前，打算把座椅转过来，刚一伸手，却又缩回来。他突然有一种不好的预感，莫名其妙地联想到了希区柯克电影《精神病患者》，接近片尾处，地窖里的座椅上坐着一个枯瘦的老太太，背对着主角和观众，当主角伸手去触碰她的肩膀，试图将座椅转过来时，惊悚的一幕发生了，转过来的不是老太太，而是一颗戴着老太太假发的骷髅头……

伊布不敢再想了，一系列变故让他神经敏感，疑神疑鬼，他不得不承认自己就是怕了，可又有些恼羞成怒，站原地犹豫了半天，终于忍无可忍，干脆一脚踹翻了座椅。

范博士倒在地上，炯炯有神的双眼望着前方，除了微微皱起的眉头，没什么异常，能猜到他在暂停之前正专注于某一件事。

原来范博士也没法置身事外，这让伊布强烈地意识到自己陷入了孤立无援的境地，仿佛从这一刻起，他明确得知了这座城市里所有人都已死去，自己是唯一幸存者。

伊布整个人突然就泄了气，扶起地上的座椅，一屁股坐上去，甚至懒得将范博士从地上扶起来，就让他躺在那儿吧，反正也不会有知觉，何况是夏天，躺在地上还可以降温解暑。说实话，车厢里还真有些闷，闷热的一个原因恐怕是这些设备运转时多少散发出的热量。

不对，这么说，这些仪器正在运转？伊布下意识地瞥了一眼电脑屏幕，只见桌面上的各种文件杂乱不堪，瞅一眼都犯晕，看来范博士不但没有强迫症，还没有密集恐惧症。

伊布漫无目的地翻阅着桌面上的文件，要么就是全英文的，要么就是术语和公式，总之，一个也看不懂。

伊布并不罢休，又点开了其他盘域的文档，过分的是，这些文件竟然一个个都加了密码。伊布没了耐性，一巴掌拍在光感虚拟鼠标上，接着，诡异的事就发生了，鼠标竟然不知不觉点开了一个视频文件，文件名一弹出来，立即引起了伊布的注意，上面写着："暂停时间的手表"之负面效应暨反向规则。

视频上，是面容憔悴的范博士，仿佛一宿没睡，情绪看上去也不好，神秘兮兮地讲了一大堆关于时间、空间、宇宙的理论，夹杂各种专业术语，还有不少英文表达，伊布听得云里雾里，感觉范博士在故弄玄虚，摆明了不想让人听明白，终于熬到了后头，范博士的话通俗了许多，他讲道：

……正因如此，使用“暂停时间的手表”，自然会产生负面效应，这种负面效应是不可逆的。所指的负面效应暨反向规则，就是说，它会导致使用者，即摁下暂停键的指令发出人折寿，从摁下暂停键的那一刻算起，暂停多长时间，就会消耗指令发出者十倍于暂停时间的寿命，相当于这个人的寿命在暂停之中是呈十倍加速度缩短的。举个例子，你暂停了十分钟，那么你的寿命会相应减少一百分钟；你暂停了一个小时，那么你的寿命会相应减少十个小时，以此类推……

伊布愣了一下，赶紧又将这一段重新看了一遍两遍三遍，确信自己没有听错没有看错更没有理解错，然后，目瞪口呆地坐在电脑前，想当没这回事是绝对不可能的，他的心脏仿佛受到了重创，身体里的血液正一滴滴耗光。

伊布立刻摸出手机，点开计算器，想赶紧算一下自己摁过多少次暂停，加起来又是多长时间，可刚在计算器上点出了一个1，就停下了，这太扯了，根本计算不了。

伊布让自己保持平静，先别自乱阵脚，说不定这是范博士用来恶作剧的，根本应验不了。

想到这里，伊布觉得自我安慰往往就是自欺欺人。

离开了巴士，伊布想过要不然把范博士一起带走，万一他醒来，这一切没准儿还有挽回的余地，可范博士比铅块还沉，试了好几次都挪不动，索性放弃了。

伊布惘然若失，如沉思一般迈着缓慢步伐，不知不觉走回了市区，竟然也不觉得累，反正未来一时看不到头，脚下的路再长也是能走完的。

目光所及的范围内没有活物，即便到了闹市区，四下里也没有以往的生活气息，就好像梦中临时设置的虚拟场景。

一切的一切都停止了，除了伊布自己，又仿佛置身于灾难大片的电影片场里，世界末日也好，病疫肆虐也罢，抑或是外星物种大规模入侵地球，总之，一片死寂。

在此之前，伊布可以随时恢复时间，所以无法真正体会到此刻的感受，当他知道一切都将定格在此时此刻，内心的恐惧是前所未有的。

太阳慢慢落山，夕阳在收缩，光线在变暗，金黄色在转变成橘黄色，整个城市正缓缓死去，这种恐怖的氛围，让伊布甚至会觉得，自己活不过今晚。

夜幕真正降临之前，伊布总算赶回了家，进门后第一件事就是反锁住房门。他动作匆忙，好像门外有人在追他。

然后，伊布靠门坐下，一口接一口喘着粗气，好比是一个闯了祸逃离现场的小孩，为了不被对方抓住，拼命跑回家，一旦进了这扇门，一切威胁似乎就不存在了。

或许是因为无处可去，所以只能选择回家，实际上，伊布可以去任何地方，整座城市都属于他一个人，他很矛盾，说到底，其实是害怕，怕什么，也说不清楚，所以，他不得不回到他熟悉的地方，虽然这里一片狼藉，却能够给他带来些许安全感。

一一的行李箱依旧立在废墟当中。

伊布鼓起勇气打开了行李箱，一股熟悉的味道扑面而来，这么说虽然矫情，可伊布明显感觉到了一一曾经的存在，再看箱子里乱作一团的衣物，挤压出的褶皱让原本平整如新的衣服像蔫了的蔬菜。

伊布的眼泪夺眶而出，坐在地上将箱子里的衣物重新整理了一遍，每一件衣服都拿出来叠好压平，动作不紧不慢。

仿佛这一切又回到了他打一一的那个晚上，行李箱收拾好了，一一只不过去了洗手间，一会儿就会出来，到时候伊布一定要抱住他。

这一夜没有想象的那么难熬，伊布强迫自己不再胡思乱想，终于睡了一个好觉。早上睁眼的时候，伊布还感到恍惚，仿佛昨天的记忆都不过是一场梦。

他望向窗外，这座城市依旧处于沉睡中，街面上的行人一动不动地站立了一夜，路面上的汽车，都还停在昨天的位置上，他们都辛苦了。

电视和手机讯号虽然都消失了，但网络 Wi-Fi 竟然还能登录，于是，伊布在手机里下载了数十个应用程序，然后，背着一个空运动包出了门。

他先去 24 小时便利店吃了点东西，无非是从货架上顺手抓了两个冷冰冰的三明治，还有冰箱里的牛奶。又往包里塞满了饮用水、面包、巧克力之后，他去了附近不远处的一家户外用品装备店，他甚至忘了里面的人早已成了蜡像，还打算叫销售员推荐几款耐用的专业户外手电筒。他是得习惯，一切只能靠自己了。

伊布选齐了一整套户外行动装备，常规种类就不必说了，还包括防身电棍和军用匕首，这么做也是受好莱坞灾难片的影响，当处于无人之境时，往往危机四伏，难以预料，因此，任何行动的第一原则即保证自身安全。

此外，伊布还挑了一辆装置完善且易于折叠的自行车。

伊布就骑着这辆车去了奔驰 4S 店，选了一辆新款混合动力 Smart，选这款车的理由是，即便路面被暂停的车辆塞满，通常情况下 Smart 也能勉强通过，这样，伊布就可以开着车在城市里自由行动，万一遇到实在过不去的地方，还可以换成自行车。后排空间正好塞得下自行车和所有装备。

伊布做好了所有准备工作，踏上了寻找一一的城市“探险”之旅。

即便寿命正在以十倍于正常时间流逝的速度减少，伊布也要先找到一一。他坚信，一一还在这座城市之中。

虎飞咽气之前的三个字，“高”、“很高”，应该是指海拔比较高的地方，也就是说，一一本人可能在海拔比较高的地方，只要在北京城区内，海拔高的地方无非就是高楼大厦电视塔，这些是可以量化并罗列出来的，问题是多高才算高呢？

另外，虎飞在他手臂上用血勾勒出了一个圆圈，就更含混了，是暗示地名，还是区域，还是形状？是英文字母“o”，还是数字“0”？是某座楼盘的指代，还是一个人名的谐音？还是别的什么？

若就着这一点来发散思维，可以琢磨出好几十种意思。

即便如此，伊布还是把能想到的几乎所有可能性全都罗列了出来，继而再根据不同的类别逐个考证和排除，最后，还是没有一个明确的结果，这么看，貌似还得先从高层建筑上着手。

可什么才是高层建筑呢？伊布从网上查到的定义是这样的：

高层建筑，建筑高度大于 27 米的住宅和建筑高度大于 24 米的非单层厂房、仓库和其他民用建筑。在美国，24.6 米或 7 层以上视为高层建筑；在日本，31 米或 8 层及以上视为高层建筑；在英国，把等于或大于 24.3 米的建筑视为高层建筑。中国《高规》（JGJ 3-2010）1.0.2 条规定 10 层及 10 层以上或房屋高度大于 28 米的住宅建筑以及房屋高度大于 24 米的其他高层民用建筑混凝土结构为高层建筑，高度超过 100 米，则为超高层建筑。

伊布用手机查到，全北京高层建筑有将近九千座，超高层建筑大约在一百座左右，假如一一真在其中一座高层建筑上，要找起来可就费尽了。一天玩了命撑死最多也就找十座，彻底找完得花将近三年时间。

伊布索性在 iPad 上拉出了北京地图，将城市划分成好多块不同的区域，利用海拔测算 APP，将各区域内最高的几座建筑进行筛选和定位，然后再根据英文字母排序，在地图上标注出来，以便逐区域搜找，各个击破。伊布还特别将虎飞他们那帮人所在的那个小区作为圆点，在周边五公里范围内，筛选定位那些较高的建筑，这还是受了推理小说和悬疑电影的影响，通常情况下绑架者和人质所在的位置有可能并不远。而在那些难破解的案件里，往往会有犯罪嫌疑人的空间距离性设计，比如每次作案，都选择跟上一次案发地点保持一段固定的距离，再下一次，又相隔一段固定的距离，警察也习惯将案发地当成一个圆点，向周边辐射，展开排查。总之，这类惯用说辞和方式几乎耳熟能详。

伊布最需要克服的就是自身的恐高症。对方也真是的，哪壶不开提哪壶，即便绑架，也没必要非把孩子往高处领啊，估计是虎飞为了给伊布的任务模式增加难度，才那么做的。好在只是在建筑内上上下下，不用暴露在室外。

伊布做好了愚公移山的准备，反正有的是时间。

每天，伊布都会在上午七点准时起床，全副武装以后像上班族一样出门，在24小时便利店里塞上几口面包，灌上一瓶牛奶，然后根据当天的计划与定位，光顾相应的高楼大厦，开始还是用笨办法，一层一层爬，挨家挨户敲，俗称“扫楼”。后来，他惊奇地发现电梯竟然还能运行，这大大提升了“扫楼”的效率，节省了时间和体力，令他庆幸无比。此外，伊布还会找到各个大楼的监控室，调出之前的监控影像碰碰运气，由于素材量可以用浩如烟海来形容，伊布只能通过快进来浏览，即便这样，也根本看不过来，到了后来，他已经分不清屏幕里的人是男是女了。

傍晚，伊布会拖着疲惫的身子回家，手脚都已累得抬不起来，但还是得给自己做晚餐。可选择的花样其实很多，因为各大超市里不论快餐还是熟食，瓜果蔬菜，肉类制品，五花八门应有尽有，而且看来都不会过期。只是为了图省事，伊布往往会给自己煮方便面，卧个蛋进去，再扔些菜叶子，顶多再削一根火腿或者腊肠，对伊布来说，足够丰盛了。餐后，还会有水果和零食，以及从超市拎回来的各种饮料和名贵酒，有时候伊布会直接推超市里的推车回来。实在累得浑身酸疼了，就去商场里找到按摩椅专柜，来一套深度放松缓解疲劳，或上五星级酒店洗个澡蒸蒸桑拿。

整座城市都是他伊布的。

没有一一的线索，搜找毫无进展，伊布当然也急，只不过他在克制，尽量不让焦虑消耗了自己。

适应了这种状态之后，伊布之前那种无处不在的恐惧感似乎也在逐渐消失，他开始坦然地直面这一切，把寻找一一当成一份工作，每天按部就班地上下班，连进出家门的时间都越来越一致了。

偌大的北京城，仿佛上千年来也没有这般寂寞过，没有人流，没有拥堵，没有噪音，没有拘束，没有任何人打扰，甚至没有糟蹋粮食的老鼠。伊布在无人之境中无比自由，白天的“工作”间隙，随时就可以走进一家咖啡馆，到操作台前去给自己找喝的，一来二去，伊布竟学会了研磨咖啡，自制拿铁；衣裤鞋袜脏了，也不用洗，直接去商场，想穿什么随手就拿，换上就走……

所有人，都如蜡像一般保持着暂停之前最后一刻的姿态。

肆无忌惮的自由，让伊布一度忘记了自己的寿命正在锐减。

当他想起来时，打量镜子里的自己，皮肤仿佛正一点点生出皱纹，猜得到体内的血管也在不断老化……说不在乎，可是，这不在乎的背后势必会存在令他沮丧的情绪。在如同鬼城一般静谧的夜晚里，这种情绪又会让伊布感到孤独，那是一种从来没有过的可怕的孤独，连死都没有人知道和惦念的孤独。

夜里，伊布辗转反侧，愈发清醒，索性下床。他再次打开了一一的行李箱，无意之中发现了一个夹层，以前竟从来没有注意到。夹层里有一个不起眼的灰色小本子，封皮摸上去挺有质感，像磨砂，又比磨砂细腻，如橡皮泥一般柔软。翻开来一看，原来是一一的日记。

伊布没有从第一篇日记看起，而是直接翻到了最后一篇，大概是一个多星期前写的，一一字迹略显潦草，只记了很简单的内容：今天去医院看小沫，小沫好多了，但是我心里很难过。小沫还是和以前一样思维奇特，跟其他女同学不一样。小沫已经决定了，我答应她一定会陪她一起去。

就写到这里。

陪她一起去哪儿？小沫决定了什么？

直觉告诉伊布，这或许就是突破口。两个孩子的心思是不能被低估的，他们俩极有可能一起去了某个地方。

伊布做了一个简单的推断，一一和小沫在路上碰到了虎飞，一一认识他，所以不会对他有什么戒心。再进一步假设，虎飞发现一一和小沫之后便一路尾随，直到两人到达目的地，虎飞的帮手也到了，于是将两人绑架。

如果假设错了，可不可能从中挖出一点线索?

伊布紧接着去了小沫家，好在他还记得地址。

伊布为了进门，用上了好几种工具，包括电钻，却始终没法把门撬开。他索性上了斧子和钢钳，挥汗如雨地敲打了好半天，这扇门比钢板还结实。无奈之下，他不得不冒着生命危险，从楼道里的窗户翻出去，当然，腰上必须缠着户外攀岩用的绳索，沿着排水管道挪一小段距离，再跨到小沫家阳台外的空调安装架上，要不是因为小沫家不过二层，伊布完全没这个胆量，对恐高症患者来说，这已经算高层了。

伊布好不容易才翻上了小沫家的阳台，算是体会到空中飞贼这个高危职业的风险，要做到悄无声息而且神鬼不觉，还要有随时被发现的心理准备和应急能力，实在难以想象。

小沫家挺大，成套的家具和现代式的装潢风格，一看就知道是装潢公司一揽子承包下来的，几乎感觉不到主人自身的品位和亮点。不过这家装潢公司的格调应该也不低，并不把所有空间都塞满，而是适当地留出了不少区域空置在那里，在常人看来简直有些浪费，从另一种审美来看，相当于国画里所讲的留白。

伊布来不及参观了，先摸到卫生间洗了把脸，然后就去找小沫的房间。

伊布在小沫屋里翻来找去，没有发现什么有价值的东西，唯独书桌上的笔记本电脑还开着，声控智能系统像是在浅睡眠中等候什么人的到来。一感触到伊布的呼吸，屏幕瞬间亮了，网页上显示的是一张地图，估计是小沫浏览完网页后还没顾上关，地图上面有一个被勾选的目的地，伊布将目的地图片放大，一眨眼的工夫，一座摩天轮就布满了整个屏幕……

伊布想到了什么，立刻怔住了！

虎飞咽气之前，用带血的手指在他臂腕上勾勒出的那个似圆非圆的形状，难道是指代摩天轮？

“高处”+“圆”=“摩天轮”，完全吻合，伊布恨自己再一次后知后觉了。

当伊布驾 Smart 一路向北行驶而去的时候，他已经做好了心理准备，如果要让他像极限攀岩者一样爬上摩天轮的顶端，他绝对不会犹疑，对，他必须怀有一种慷慨赴死的心态！

这座摩天轮是世界最高的摩天轮，按照量级应该算巨型摩天轮，伫立在北五环外的环球迪士尼乐园内，号称“北京之眼”，高达208米，直径195米，总共有60个座厢，最多可同时承载近千名游客，每一轮运转的时长达30分钟，创下了多项世界之最。

伊布走进园区，来到了摩天轮下，抬头仰视这个庞然大物时，都会觉得不可思议，它比一座同样高的大楼要壮观多了，或许很多人第一眼看到它，都会感叹，万一它倒了可怎么办?

实际上伊布也会这么想。

只是他还有更实际的问题，一一他们在哪儿?

伊布找到了摩天轮的大脑——操控中心，就在摩天轮脚下的一处二层小楼内。伊布摆弄着那些他根本不懂的操控设备，试图让这个处于暂停之中的庞然大物运转起来，可摩天轮纹丝不动。伊布想不通，为什么电梯可以上下，摩天轮却没法转动?

伊布只好挨个儿查看六十个座厢里各角度和位置的监控画面，都没有看到一一和小沫的身影，他不甘心，又调出了好几拨排队入舱时乘客的画面记录，也找不到一一和小沫。

难道他们俩不在摩天轮上？

伊布最不希望看到自己的推断和假设根本就是错的，一一和小沫即便会来这里，绑架者也可以将他们俩带走，或许是在另外一个“高处”，也跟“圆”有关，但不是这里。

伊布拿不定主意，不知道下一步该做什么。他烦躁地走出操控室，推门时由于用力过猛，把手给弄疼了，导致他冲着门发了一通火，又踢又踹，完后便站在二层的围栏前抬头仰望着摩天轮。他所在的位置正好跟摩天轮所呈圆面垂直，类似于剧院观剧的最佳位置，只见轮轴正处于圆心处，而支撑整个轮盘结构的两个支撑塔架，看上去像在这个大圆内画了一个圆心角，又像是一只圆规，呈小角度打开，端正地立在地上。

伊布从小就没学好数学和几何，但还是在琢磨这些跟一一毫不相关的内容，可就在此时，他无意中发现，在支撑塔架的顶端，也就是轮轴平台上，堆着一团什么东西。

伊布跑下楼，从一辆售卖纪念品的推车上抓起了一个望远镜……

在距离维修通道和梯架分别还有好几米远的地方，真有两个人，嘴上贴着胶布，胶布很长，以至于两端都勒到了耳根处，两人正紧靠内侧围栏蜷腿而坐，几乎将下巴颏贴在了膝盖上，仿佛这样的姿势会给他们带来安全感。

伊布确定，那就是一一和小沫！

伊布围着塔架绕了两圈，打量了半天，除了沿梯子爬上去，别无他法。

伊布搓了搓双手，深吸了一口气，然后向上爬去。

轮轴平台的高度大约一百米，相当于几十层高的楼，具体几十层伊布也不想知道，如果告诉他一个确切层数，一定会加重他的心理负担。伊布手脚并用，一节一节爬着，前十几米爬得还算顺利，或许是高度较低，他的视线自始至终都保持在正前方白色塔身上，为了排除干扰，甚至连余光都不敢分散，更不能看自己的手脚，他暂时感觉不到了恐高，心无旁骛的时候人果然是最强大的。

爬这种梯子，其实考验的是体力和耐力。伊布的体力这段时间以来已经消耗得差不多了，所以爬了不到十分钟，就感到力不从心，喘得很厉害，他在心里抱怨，设计者为何不在支撑塔架里安装一部工作电梯呢？

事实上，电梯是有的，只是伊布没有仔细去找。那台电梯很窄小，估计一次就能容纳两个工作人员上下，直达轮轴平台。现在若有人告诉伊布，也为时已晚，他不确定自己所处的位置，实际上几乎到了半山腰，这时再往下爬，和往上爬，难度相当，下梯甚至比上梯还要难控制，因为下梯的时候最起码得保证眼睛盯着脚下，一旦在这样的海拔向下看，伊布是完全受不了视觉刺激的。

继续爬吧！

实在累了，就停下喘两口气，伊布想把胳膊伸直了休息一下，长时间紧绷着也不是个办法，却又不敢松手，怕万一有个什么闪失，哪怕松一根指头，都有可能酿成坠亡事故，于是，就死死攥着梯子。

伊布一想就后悔，前几年要是听虎飞的话，一块儿凑着热闹去练练攀岩就好了，对身体综合素质绝对是一种全面提升，爬上几次又高又陡的岩壁，说不定还能把他恐高的毛病给扳过来。嗨，别提虎飞了！一想到他，伊布心里就一团乱麻，这位背叛自己的发小还没盖棺定论呢，连尸体都没顾上收，也实在够悲催的，在伊布目前为止的人生里，虎飞的痕迹太重，实在没法抹去，唉，反正人都死了，不想了。

又过了好久，伊布感觉应该快爬到了，于是大胆抬头，却依然看不到顶！这让他心态有点失衡，试图加快速度，可手脚已然不听使唤，一方面是心理原因，一方面是肌肉超负荷，导致整个身体都愈发不稳，好像有人拿着一个扫床的软刷子在他胸口来回摩擦，痒得让人没法忍受，以至于转化成试图逃避的烦躁和惶恐，且愈发清晰，好像马上就要犯病了似的。

恐高的症状要来了吗？伊布在心里问自己。这一问仿佛一个非常有效的暗示，触发了某个开关，汗液和热量迅速被排出了体外，紧接着眩晕阵阵袭来，伊布感觉自身已不受控制，仿佛这条梯子乃至整个塔架都开始向后倾倒。

他闭上了眼睛，想象下面有一团火，正沿着梯子“嗖”地一下烧了上来，火势迅速蔓延，再不往上爬，恐怕……

集中意念想象出一个身临其境的危局，或许是自我潜能激发的手段，起码伊布的尝试，竟然奇迹般地奏效了！

当伊布终于爬上轮轴平台时，浑身还冒着冷汗，好像经过了死里逃生，仿佛再慢哪怕一秒钟，梯子就会断开，他将葬身于百米高塔之下。

伊布用匍匐的方式来到了一一和小沫的身旁，两个孩子的双手都被尼龙扎带捆绑着。伊布试着用以前的方法激活两人，完全是徒劳，没有任何奇迹出现。伊布又费了好半天劲，想把尼龙扎带解开，可尼龙扎带看着像塑料，实际上结实极了，要不然也不会跟手铐平起平坐。最后伊布不得已凑上去拿牙咬，以为能将扎带咬断，结果还崩断了一颗牙，不知是用力过猛，还是牙本来就有毛病，总之血流得吓人。伊布疼得嗷嗷直叫，眼泪都喷出来了，恨自己没把背包带上来，不但没有瑞士军刀，连止疼药和止血棉球都没有。

伊布竟在此时冒出了一个荒唐的想法，就是把那颗断牙找到，其实也不算荒唐，毕竟是身体上的一小部分分离出去，找到了或许会给自己心理一个安慰，可找了半天也找不到。伊布像条狗一样趴在地上，又像条狗一样拿舌头轻轻舔了一下自己的断牙，一阵钻心的疼痛让他几乎昏了过去，心里骂自己真贱，明知道会疼还非要舔，疼劲儿可没那么快过去，如同低烧不太好降下来一样。比这更糟的是，恐高的症状简直阴魂不散，戏弄、折磨着他，让他无法招架，干脆四脚朝天躺了下来，后脑勺却被地板上不知什么东西狠狠硌了一下，伸手一摸，竟然是那颗断牙。

伊布闭上眼睛，努力想象着这并非在近百米的高空，而是正躺在家里舒适的床上，想象……伊布鼻子一酸，忽而觉得自己跟另一个人一样悲惨，没错，卖火柴的小女孩！她不断想象着温暖，想象着美食，最后却死在了大年夜里，伊布可不想重蹈覆辙，得想办法做点什么，于是，伊布强行站了起来，心说，老子还就不信了，有什么大不了的！

这是他登上这高达百米的轮轴平台后第一次直立，他拒绝向恐高屈服，拒绝向牙神经疼痛屈服，可无奈身体太不给力，很快就让他干呕起来，接着就感到两腿瘫软。突然间只听“哐当”一声，什么东西掉在了钢架上，他循声望去，清楚地看见那块手表从缝隙里钻了下去……

那一刻，伊布脑中一片空白，随后，他也倒了下去。

不知过了多久，伊布的意识恢复了过来，他感觉眼前的世界微微震颤，色调偏白，他眨巴眼睛，色调更白了，以至于一阵大亮，接着，又一阵阵发黑，这让他双眼很不适。他闭上眼睛用手搓揉了半天，再睁开眼睛时，赫然发现，庞大的摩天轮竟然在转动，真的在转动！站在这个角度看，犹如仰望一座巍峨的高山，又像伏于一个庞然大物旁，对，变形金刚！不只是壮观，简直令他敬畏。

传进耳朵里的声音层次变得更加丰富，整个世界的声场嘈杂了起来，不！确切地说，是丰富了起来，就像以前的世界，那个正常的世界对于伊布来说也变得很遥远，伊布情绪有些激动，难道……

时间恢复了，自然秩序恢复了，一切都恢复了！伊布谨小慎微地在内心庆幸着，生怕这一切又被无端收回。可是，为什么会这样？仅仅就因为手表从一百米的高空摔落到地上？

不管怎么说，他放眼望去，整个园区一片欢腾，恢复了以往的生气。

难道是梦境或者幻觉？伊布有些担心。

爸爸？爸爸！

伊布分明听见一一在叫他，嗓音慵懒，辨识度极强，伊布好久都没听到一一说话了。他回过头去，只见一一和小沫如梦方醒一般，仿佛迎来了一位从天而降的救星。伊布上前一把抱住了一一，什么牙疼、恐高，瞬间都抛到了一边。

一一带着哭腔不停地问道，爸爸你怎么来了？爸爸你怎么才来呀！

伊布半天说不出话，只蹦出了几个字——我来晚了。

父子俩这下都哭了。

随后，伊布扶起一一和小沫，沿轮轴平台向侧方尽头走去，看上去那里有一台工作电梯。

就在他们即将挪到电梯前时，身后突然有人喝道“站住”，伊布一怔，回头看到了一个男子远远站在那里，手里攥把刀，正朝他们走来，想必是不会轻易放过他们的。两个孩子像是领教过了对方的厉害，已经胆怯地缩到了伊布身后。

伊布拍打电梯下行键，电梯门却迟迟不开，不知道是不是坏掉了，该死！眼看着持刀男子一步步向他们逼近，同时还用手机通话，估计是在招呼同伙上来增援，仿佛他早料到这台电梯没法运转了。伊布脑中闪过一个念头，冲上去跟对方干一架，把自己一段时间以来的积郁之火发泄出去，当然，这么做也好让一一和小沫顺利脱身。只是，对方那明晃晃的刀刃，让伊布心里打鼓。伊布想跟一一说点什么，可多余的话来不及说了，持刀男子已经沿平台通道朝这边冲了过来。

就在这时，电梯门竟然哗啦一下打开了，惊喜从天而降，让伊布感激涕零！伊布赶紧将两个孩子推了上去，接着就摁了关闭键。

一一忙问伊布道，那你呢？！

伊布回答道，你们先走，我一会儿的！

电梯门关上，伊布心中一块石头落地。

紧接着，伊布感觉到持刀男子放慢了脚步，不用说就知道距离自己越来越近了。伊布担心的是，自己还没来得及转身，一把刀就捅进了自己的腰眼，想想就不寒而栗，死其实都没什么，疼是他最受不了的。

然而，持刀男子竟转身离开，向梯架跑去，伊布愣了不过几秒钟，意识到对方是去追一一和小沫，于是，冲了过去，从后面一把将持刀男子扑倒。幸运的是，男子手里的刀掉到了一旁，这下好了，伊布可以大胆地跟他展开肉搏了。

电梯很快到达了一层，一一先伸出脑袋机警地环视四周，看来他领悟敌暗我明的斗争形势，还好没发现什么异常，实际上他也不懂什么叫异常，总之，瞪大眼睛瞅了一圈后，这才和小沫跑出电梯。

一一抬头仰望摩天轮，看得见高空中两个人正扭打在一起，距离太远，看不太清，也不知谁占上风，谁处劣势，反正纠缠在一起，跟耍高空双人杂技似的，看着惊险极了，感觉稍不留神，俩人就会一齐从上面摔下来。

很快，就有人注意到了这颇具观赏性的一幕，人越聚越多，形成了围观阵势。多数人不只好奇，还怀有占便宜的心理，免费欣赏高空视觉奇观，当然开心了。还有些游客自以为是地说，那准是在拍电影呢！

高空中发生的一切实实在在牵动着“观众”的神经。当其中一人被另一人从围栏边推下去时，人群中发出一阵惊呼，所幸那人在失去重心的一瞬间抓住了栏杆，没有摔下去，不过，整个人都悬在了空中，随时都有可能坠落，情势岌岌可危。

从衣着判断，悬在空中的人应该就是伊布，一一不敢确定，甚至不敢再看。小沫在一旁急哭了，也许是因为她眼神好，一下就看清了悬在空中的人是谁……

一一想报警求助，最好能弄来消防梯、充气垫，再有工作人员爬上去施救，可现场已经乱作了一团，赶来的保安一个个连大盖帽都戴不正，貌似并不关心上面那位的安危，本是争分夺秒的时刻，却净吆喝着疏散人群了。围观的阵势反倒越来越大，自然也成了手机的海洋和全民直播的现场，谁也顾不上两个孩子的叫嚷……

一一实在没辙，打算重新坐电梯上去，小沫紧跟在他身后，哪怕多半个人也能多一份力。就在电梯门打开的一刹那，只见电梯里站着的竟然是持刀男子，就是他把伊布推下了围栏，如果伊布不幸坠落身亡，那么眼前这个人就是一一的杀父仇人。

一一有两个选择，要么现在就玩命跟他拼！要么就玩命跑！

关键时刻，他绝不能掉链子，一一没有犹豫，果断选择了后者。

持刀男子在后头猛追不舍，一一和小沫在人群中穿梭奔逃，似乎没引起什么人注意，即便注意，大伙儿也无动于衷，或许，他们觉得最该被救命的人正在一百米高空挂着呢。

一一和小沫慌不择路，跑进了不远处的一个正在施工的天井建筑内，地方虽然不大，但墙面广告信息显示，建成后这里将作为天井式游艺项目区面向广大游客开放。

由于布局设施复杂，里面堆满了货箱、圆桶和各种木制装置，通道连廊交汇纵横，如同迷宫一般，加上四处摆放的彩色玻璃和各式镜子，能够想象出完工后的迷幻景致，眼下却是落满灰尘的粗糙半成品，仿佛瞬间进入了一个光怪陆离又极接地气的滑稽世界。

一一和小沫绕了半天，愣是没找着一个适合藏身的地方，附件又没有出口，只好沿着通道一直往深处走去。

令人心悸的是，光听脚步和喘气声就知道，持刀男子也追了进来。

一一和小沫放轻脚步，来到了一处看似出口的地方，到跟前一看才发现，原来是一个死胡同。两人来不及泄气了，死胡同也罢，起码四面被错落有致的镜面环绕起来，隐蔽性不算差。一一和小沫便在原地蹲下，大气都不敢出，祈祷不被发现，即便对方从距离他们最近的镜子前走过，他们也能够绝处逢生。

持刀男子肆无忌惮地喘气声让一一和小沫听得一清二楚，不知道他是故意这么大声，还是真累得够呛，总之，持刀男子着实让一一和小沫捏了一把冷汗。后来，两个孩子如同把脑袋扎入水中竞相憋气，涨红了脸屏住呼吸，眼睛或睁或闭，仿佛一切都安静到了极点。说来也怪，施工建筑里竟然没有一点动静，估计工人们都跑出去看摩天轮半腰上的视觉奇观了。

视觉奇观的主角伊布，此时依旧悬在百米高空，双手正紧紧抓着平台外侧，围栏最下方的一根栏杆，这是他唯一一根救命稻草，如果抓不住，伊布就将一去不复返。从这里到地面，不会再有任何障碍物，伊布也绝无生还可能。

伊布恐高的症状一向很严重，眩晕到分不清方向且失去平衡，以至于闭着眼睛也像在坐海盗船，胃里头翻江倒海，以至于空腹也能干呕出点什么东西来，可这次，他竟然没有任何反应。

或许是危急时刻激发了人的潜能，或许是自身潜在的免疫功能直到现在才被开启，总之，伊布正在为一百米下的围观人群演一出比高空杂技还刺激的活人自救。

伊布做到了！

在没有消防梯，没有缓冲垫，没有任何人施救的情况下，伊布靠自己重新攀上了轮轴平台。就在他脱险之前不到一分钟的时间里，实际上已经没有了力气，手上的汗已经令他没法再抓紧那不过擀面杖粗的栏杆。他脑海里闪过一个念头，生还已无望，最起码，临死之前还知道，自己的恐高原来是可以克服的，瞧，死之前看这个世界的最后几眼，不还是挺壮观的吗？而且还有如此多的人为他见证……

不过，只因为那一眼，才让他活了下来。

伊布分明看到了两个孩子跑进天井式施工建筑的全过程，听上去不可能，按理说伊布都快掉下来了，哪儿还能看见一百米以外的地面上发生的事？可事实就是偶尔匪夷所思，伊布真的看到了，一一，他唯一的儿子！

费了大半天劲来到这儿，不就是为了救一一嘛，没有完成任务，还不能死。

一一和小沫蜷缩在角落里，忽然发觉四周没了动静，这反倒更令人心慌……

两人伏于原地，一动不动，只好把耳朵竖起来仔细听。

待这种状态持续了好一会儿，一一才伸长脖子，试着观察一下周边的情况，突然间，一个人影从镜面上闪过。

一一赶紧缩回脑袋，像瞟见鬼影一般打了一个寒战，小沫则是被一一的表情变化给吓到了。

一一细想了一下，由于镜面层次错落，反射角度比较复杂，很难判断出对方的具体位置，但毫无疑问，危险正在迫近。一一决定带小沫沿原路离开，最起码先绕开这个死胡同，钻回之前的通道去。

两人猫着腰往外走，无意中又一次从镜面中看到了持刀男子，可一眨眼，人影就消失了，没两步再一回头，人影又出现在另一面镜子里，紧接着，好几个不同位置和角度的镜子里陆续叠显出了那张可怖的面孔。两人怔在原地，吓得迈不动腿。

当两人在玄妙的玻璃迷宫中束手无策时，持刀男子竟然从一面镜子里跳了出来，伴随碎裂飞溅的玻璃碴子，犹如一名歇斯底里的精神病患者，朝他们扑来。

小沫慌忙之中绊了一跤，瞬间落入了男子之手，该男子死死地卡住了小沫的脖子……

一一艰难地抓起地上的一块木条，闭着眼睛朝该男子抡去。这应该算是一一的习惯性动作了，要不是两手被绑着，要是一根棒球棒，杀伤力会更强。

该男子被木条击中，晕过去似的躺地上一动不动。一一扶起小沫，还没来得及离开，男子突然起身，面目狰狞地再次扑来……

一一边跑边将身旁能扳倒的一切扳倒在地，货箱、胶桶、玻璃板、镜框等，都成了他和小沫临时设置路障的道具，尤其是玻璃镜子层层码放，如同多米诺骨牌，一碰就倒，倒一片又波及另一片，满地玻璃碴子别说阻挡一个持刀男子了，就是阻拦一支日军小队恐怕也不成问题。

清脆的碎裂声此起彼伏，似乎又像炮杖在炸响，让这一切显得更加不同寻常。

没人注意到胶桶上贴着“易燃”的字样，汩汩流出的液体像洇在宣纸上过于饱满的墨汁，四散开来，一时无法止住蔓延的势头。

男子不断被砸到或绊倒，浑身上下血污斑斑，更加丧心病狂地追着一一和小沫。

更夸张的是，该男子正好发现有一辆小型运载式电瓶车停在不远处，于是跳上去摆弄一番，竟然真给启动了。他开足了马力，以坦克碾压的方式朝着一一和小沫冲来。

电瓶车除了没法撞墙以外，现场没有它撞不动的，不管一一和小沫往哪里躲，都能横冲直撞，根本不用拐弯，每一次冲刺，都激起一一和小沫的惊叫。

不一会儿工夫，天井中央如迷宫一般的装置和通道几乎被夷为废墟。

一一和小沫完全暴露在该男子的视线里，电瓶车更加疯狂地朝他们撞去……

结果呢，电瓶车在一次次猛烈地加速、刹车、急转中失去了控制，终于撞上了靠墙的一台发电设备，地上的液体就这么被点燃了……

小小的天井犹如一个拔风的大方形烟囱，在多种可燃物的助势下，火越烧越旺，转眼将他们围了起来。

该男子翻身下车，还不罢休，踉踉跄跄继续朝一一和小沫扑去。两人早已经气力全无，被逼到了墙角，这次真的是无路可走了。

该男子揪起了一一，将他狠狠地摔在了地上，狠狠地骂道，小兔崽子，真以为你跑得掉吗？敢跟我玩儿！

那布满血色的双眼瞪得老大，好像眼珠随时要蹦出来，那双手臂青筋暴露，分明在发力。一一被卡住了脖子，已然无法再挣扎……

然而，那狰狞的表情却突然被定格了，眼神转滞，青筋隐去，力量卸掉了似的，身体缓缓地栽了下去。

一一费劲地睁开眼，视线里那张面孔由模糊过渡到清晰，他如释重负，大口咳了起来……

火势蔓延到了整个建筑内，浓烟弥漫，令人睁不开眼，更没法喘气。

角落里还码放着一桶桶油罐，不知是否也属于易燃液体，单从外观上判断，应该比易燃液体还危险，甚至是易爆液体也说不定。

伊布背起了一一，又抱起几近昏迷的小沫，迈开沉重的步子向出口的方向跑去，实际上伊布也看不清出口的具体位置，只是凭借自己的感觉试着冲破重重险阻。一一趴在父亲宽阔的背上颠簸着，似乎是一场真实的探险游戏，他们一起穿过层层烟雾，跨过根根火柱，而出口的光亮终于变得清晰了起来……

可是，爆炸还是发生了。

热浪让他们三个人几乎同时飞了起来。

这是一间采光不错的病房。一一在大夫和护士的帮助下，从床上坐了起来，整个过程不算艰难。由于阳光太过充足，以至于有些晃眼，一名护士注意到了这一点，过去摁下闭合窗帘的遥控键。

一一的脸上还有些细小的疤痕，痂已掉了，只是印迹还隐约看得见，有一半眉毛明显还没有长出来，至于头发，全剃光了。一一的脑袋继承了伊布的特点，看上去浑圆饱满，好看极了。如果说伊布的脑袋堪比徐铮，那么一一的脑袋就是一休哥的。

大夫对一一说，手术挺成功的，康复效果也不错，明天就可以出院了。

一一打量着自己的左胳膊，被一副特殊材料制成的防护膜具所包裹。

另一间病房里，采光明显不如一一所在的房间，伊布神情疲惫地靠在床上，仿佛大病一场。范博士捧着一台轻薄的笔记本电脑坐在床边，正观测着屏幕上不断跳转的数据。

伊布从范博士嘴里得知了一个不幸之中的万幸，多亏手表从摩天轮上摔下来，要不是表芯“粉身碎骨”，失控了的长暂停会一直持续下去，那么一切都将无法恢复了。

范博士专注的神情看上去好像很为难。

您就告诉我吧。伊布说。

范博士忽而用抱怨的口吻说，之前我那么多次试图联系你，可电话总接不通，你为什么…… 范博士没再说下去，狠狠地叹了口气。

我以为是讨债的，没记录的号都拉黑了，后来我索性换了号。伊布如实回答。

范博士摇了摇头，一脸遗憾地说，第一次见你的时候你就不仔细听，这里面有一个很重要的规则。

什么规则？伊布问道。

范博士像是跟下属交代一件极为重要的事，严肃地说，从监测系统上看，手表暂停了至少八个月的时间，当然，这是由于失控造成的，但也算在了暂停计时内，这些时间最后都要落到你的头上……

想起来了，我看过你电脑里的一个视频文件，不就折寿嘛。伊布插话道。

范博士愣了一下，淡淡地说，看来你知道。

伊布故作轻松地说，这么说，我得少活八十个月，也就是……六年……零八个月？

范博士摇了摇头。

伊布纳闷道，不对吗？

范博士说，连续不间断的时间暂停，寿命损耗的时间会再翻倍。

伊布想了想，说，不就是十倍嘛，乘以十。

范博士又摇了摇头，说，那是在常规的时间暂停情况下，一两个小时，一两天也罢，可像你这种一停就是好几个月的，整个时间系统没法按照以往的十倍于正常时间的消耗速度来维持平衡。

伊布问道，那是多少倍？

范博士想了想回答，寿命损耗的时间，在这种情况下的公式应该是时间乘以时间倍数，然后再乘以十，相当于八乘以八之后再乘以十。

伊布脱口而出道，六百四？

对，六百四，也就是……六百四十个月。范博士放轻了语音语调。

伊布心里咯噔一下，忙问道，你是说我最起码要少活六百四十个月？

范博士低声回答道，是的。

伊布接着问，六百四十个月是多久？

大概……五十三年左右吧。范博士声音小到连自己都快听不清了，但对于伊布来说，他的耳朵此时仿佛能听到正常人压根无法听到的超低音频。

伊布什么也没有表示。若是换做一年前的伊布，准会指责是范博士害了自己，恨不能砸了范博士的车甚至在情急之下杀了范博士，可现在，伊布连发火的气力都没有了。

范博士遗憾地说，对不起，唉……

伊布忙说，不，不怪你。你就告诉我，我还能活多久？

范博士看了一眼屏幕上显示的数字，说，不到二十个小时，你的时间不多了。

一一出院时，伊布不打算跟儿子告别，并非他没有勇气，而是……连他自己也说不清。不过，伊布躲在不远处，默默地注视着一一。一一胳膊上的防护膜具很显眼，活像机器人的假肢，行动看起来也利索多了，精神状态跟正常人一样，伊布为此还是很欣慰的。

上车前，一一凝眸环视四周，像是在寻找着什么，经过了几秒钟的迟疑，车门关上了，一一也消失在伊布的视线里。

深色车窗玻璃像是绝情地拉上了厚厚的帘子，将伊布再看儿子一眼的愿望彻底挡住了，虽说这不是什么生离死别，对伊布来说，实际上就是生离死别。

回想起范博士之前说的话，你的时间不多了，让伊布心头一紧。

伊布突然迈开步子，追了出去，这次跑起来能感到明显的力不从心，毕竟身体机能和各个器官一下子老了五十三岁。

可伊布还是拼了命地追着车跑，他当然知道人跑不过车，好在这一段路上连续好几个红绿灯，只要遇上红灯，他就还有希望。

不过，单谈希望往往适得其反，一连三个路口竟然都是绿灯放行，好像故意在跟伊布作对。

伊布没有放弃，依旧拼了命地跑，跑得自己的心脏都快跳出来，小腿仿佛绑了沙袋，再也回不到当年健步如飞、身轻如燕的日子，他顿时感到一种悲哀。人不是慢慢变老，而是一下变老的，这句话的含义他算是切身体会到了。

眼看希望就要破灭的时候，第四个灯变成了红色。

伊布加快了老迈的步伐，用尽气力呼唤着儿子的名字，现在手里要是有一块手表能暂停时间就好了，此时，他比任何时候都需要让这一切停下来。

然而，一次性令人绝望到底并不是最残忍的，相反，先给一丝希望，又给一丝希望，继而再摧毁所有希望，这才是最残忍的。当这条小路上的最后一个交通信号灯变成绿色时，伊布终于力不能支，跪倒在了地上，即便他不顾身体的极限，也无法逾越肉身的局限。

汽车就这么开走了，头也不回，这是废话了，汽车本身也没法回头。

伊布额头上流下的汗和眼角的泪混在了一起，滴在了柏油路面上，形成了一坨坨黑点。他感到五脏六腑于体内翻江倒海，一定是跑得太猛，引来了呕吐。吐完，他就地躺下，甚至没有了坐的气力。

伊布眯着眼睛，任凭刺眼的阳光让他眼前一阵阵发黑，即便闭上眼睛，也还是感到晃眼。从小到大，每当遇到这种情况，他都会在心里抱怨为什么人的眼皮这么薄，连两片冬青叶都不如，更别说遮光度高的窗帘了。

伊布索性睁开了眼睛，却发现也不过如此。没多久，视野里出现了一一的脸，逆光勾勒出的轮廓，曝光还过了，这效果竟有点台湾青春片的感觉。

一一决定留下，虽然只是短暂的。

伊布给大姨子的理由是，他只想再陪一一待会儿……这么说是挺含糊的。

大姨子答应改签到第二天上午飞回上海，没办法，在上海那边联系好的国际学校要一一去报到，不能耽误。

伊布答应了，他心里清楚，晚半个小时都不行。

一一问伊布，你想怎么样？

这问话可以解读出好些个层次，可伊布半天没吱声，抬手看了看表，然后对一一说，别的我也不会，我做顿饭给你吃吧。

一一愣了一下。

伊布终于有机会亲手给儿子做一顿饭了，其实他以前也有机会，只不过未能实现。有手表的时候，俩人几乎都是一块儿吃霸王餐，搞了快餐车以后，一一虽然尝过伊布的手艺，但那毕竟还属于快餐，不是正儿八经的一顿饭。正儿八经的一顿饭说白了也不是别的，在伊布这里，不过N菜一汤配米饭，通俗点说，叫家常菜更合适。

一一跟着伊布回到小公寓，之前被伊布砸坏的家具全换了新的，屋里收拾得一尘不染。一一也没再提那天晚上的事，伊布也是。

饭菜摆了满满一桌，全冒着热气，都是超级下饭的炒菜，反正合伊布自己的胃口。一一吃得也挺香。伊布忽然觉得这一幕跟小时候母亲在一旁看着自己吃饭如出一辙，想到母亲，伊布鼻子一酸，不过很快就将思绪调整了回来。

两人找不到什么话说，就安静地吃着，伊布也没有像刚认识一一时那样处心积虑投其所好地找话题了。

饭过一半，一一先开了口道，小沫终于见到她爸了。

伊布说，哦，是吗？

一一说，她爸就是那座摩天轮的维修工程师，经常爬到塔架顶端工作。

伊布恍然大悟地点点头道，原来。

一一说，真为她高兴。

伊布回应道，是啊，真好……

接着，又是一阵沉默。

突然，一一又主动挑起话头，说，林好老师，你觉得她怎么样？

伊布回答，挺好啊。

一一说，那，你喜欢她吗？

伊布明白了儿子的用意，顿时想笑，难道小孩子真那么喜欢充当媒人？

伊布摇了摇头道，按理说，我一单身爹，她一大龄未婚女，因为你结缘，一来二去，走到一起理所应当，可惜，目前连那种苗头都没有，往后，往后也不可能……

为什么？一一认真地问道。

伊布故作轻松地耸了耸肩，道，林好真的挺好，她不会看上我的，再说，我也不想耽误人家。

一一说，什么意思？你试都没试，怎么知道不行。

嗨，大人之间的事，哪儿有那么简单，你不懂。说罢，伊布不打算再就这个问题延伸下去，于是，赶紧打岔道，对了，有个东西给你。

伊布拿出一个包装精美的纸盒给一一递了过去。

盒子差不多是正方形的，扁扁的，看样子也不沉。一一接了过去，没问是什么就要打开，却被伊布制止道，不一定非要现在拆开啊。

一一比猴儿还精，说，为什么？还挺神秘。

伊布支吾道，没有，那，那你随便吧。

一一迟疑了几秒钟，没有拆开。

吃完饭已是深夜，一一要帮伊布收拾桌子，被伊布劝住了。

伊布又看了眼墙上的钟表，不用算，还剩不到十个小时。

伊布几乎是用虔诚的态度一丝不苟地洗干净所有碗筷，跟他用虔诚的态度做这顿饭，吃这顿最后的晚餐一样。什么最后，不想这个，伊布告诉自己，要跟儿子好好度过在一起的最后的时光……又是最后，伊布开始讨厌这两个字。

伊布刻意回避和儿子谈以后的事，对他来说，没有以后。可尚不明真相的一一还是抛出了这个问题，道，你就不想彻底挽回吗？

伊布装作不解，道，什么意思？

你不清楚我说的什么意思吗？一一问道。

伊布摇头道，你说话突然这么深沉，我怎么可能知道。

一一没有放弃，说，你已经争取了，为什么不争取到底呢？

从一一开口第一句话伊布就猜到他指的是什么，他很欣慰。话到这个份上，不能再装傻充愣了，但他不愿也没法跟一一解释，只是说，我跟你大姨签了字，手续办了，钱也收了……

就不能反悔一次吗？你可以把钱退回去啊！一一大声说。

伊布百感交集，千言万语汇聚成三个字：你不懂。

又是我不懂，我看是你不想！

说罢，一一转身就出了门，最后还撂下一句话，道，明天早上可千万别再到机场追飞机了！

门随即被重重地摔上。

伊布被门声震得一哆嗦。不知为什么，他完全没有追一一的动力，腿脚像是被固定住了似的。他狠狠地叹了口气，自言自语道，我又不是金·凯瑞……

等伊布回过神，才看见一一把礼物落在了桌上。

机场广播通知，飞往上海的航班开始登机。一一跟着大姨排在了登机口的队伍后面，他攥着手机，回头望了眼身后，人流往来，繁忙依旧，似乎没有一个人像一一这样心事重重。大姨在催促着他。

一一跟着大姨走进登机口，同时，将大拇指放在了关机按键上。

两天后，在上海的一家医院里，一一拆掉了由特种材料制成的防护膜具，整条胳膊终于重见天日。重度烧伤的胳膊上被植了新皮，肤色略深，但衔接处毫无违和感，一一获得了一条崭新的胳膊，唯独上面多了一枚刺青，浅蓝色的哆啦 A 梦，显得有一丝突兀。

一一怔住了。

回想起爆炸的那一天。

警笛嘶鸣，救护车将伊布、一一和小沫送到了医院，伊布神智清晰，一个劲地喊道，我儿子呢？我儿子怎么样？

陷入昏迷的一一被推入抢救室，医护人员前后忙碌着，而幸运的小沫已经脱离了生命危险，只是坐在一旁接受医护人员的包扎处理，抽泣和发抖应该是过度惊吓所致。比小沫还要幸运的人是伊布自己，他站在抢救室外，像是一个置身事外的旁观者，低头看一看，浑身上下除了衣服被烧破，手上擦了几道口子以外，几乎完好无损。

一一的惨叫令伊布心碎……伊布无法想象整只胳膊和后背被重度烧伤所带来的剧痛。

为什么躺在病床上的不是自己？伊布无法接受两人天壤之别的“待遇”，反差如此之大，还无处抱怨不公。

当大夫用平静的口吻将一一的烧伤状况告诉伊布时，伊布斩钉截铁地告诉大夫，只要能救一一，他做什么都可以。

确定要进行植皮手术，伊布无疑是最合适的人选，血缘关系可以让手术后出现排异反应的风险降到最低。伊布要求大夫和大姨子不要告诉一一，他们答应了。

一一躺在手术室的病床上，麻醉师先给他上了麻药，剂量较大，他沉睡了过去。紧接着，伊布才被推了进来，两条床像是两条并行的船，距离不远。

伊布侧过头，希望大夫在手术前再给他几分钟。就这几分钟时间，伊布只是凝望着儿子，思绪翻飞，脑海里浮现出无数个两人在一起的画面，回溯到十年前儿子刚出生的那一刻，年轻的伊布风尘仆仆地跑进妇产医院，一想到自己灰头土脸，先钻进洗手间好好洗了一把脸，定了定神，才向产房走去……

麻药似乎开始起作用了，伊布的意识逐渐模糊，大夫将伊布的脑袋正了过来，说，要开始了。

伊布微笑着闭上了眼睛。

一一飞往上海的那个上午，伊布坐在家里，盯着墙上的挂钟。距离自己生命的终结，还有不到五分钟的时间，伊布有些紧张，但并不害怕，他刚刚将包装精美的纸盒交给了快递员，心里踏实多了，现在，他突然想给一一打最后一个电话。

信号接通了，手机那边的一一已经穿过通道，走向舱门，伊布的电话恰好在手机关闭前一刻打了进来。

一一在电话里哭着说，爸爸，爸爸，你在哪儿呢？你是来接我了吗？我不想去上海！

伊布捧着手机哭了出来。

当一一费劲地拆开快递包裹，打开包装精美的纸盒时，瞬间呆住了。

盒子里是一个上世纪九十年代出产的那种老式塑料音乐相册，一看就放了些年月了，挺破旧。这种塑料音乐相册曾一度和音乐贺卡流行过一阵子，一打开就会有音乐响起。它的构成原理其实很简单，一个音乐集成电路，一个压电陶瓷片，以及塑料开关片，换能器及交变电压将电能转化为声能，将电信号转化为声音，因此，响起的乐声往往显得单薄又生硬，高音尖利甚至偶尔还会跑调，若一定要找个东西来打比方，那么塑料花最为合适，所谓看起来动人散发芳香，凑近一闻却毫无滋味。

不过，隔那么久回头再听，即便那声音再简陋、单薄和生硬，却充满了让人惬意的怀旧感。

伊布为何要选这么一个老旧物件当作礼物呢？

一一没有明白，他盯着相册的封面，浅紫色虽然俗气，却给他一种似曾相识的感觉。一一试着去想，好像一段挺遥远又深沉的记忆被触动、被唤醒，伴随着脑际响起的闷响，也许是心跳，咚，咚，咚，咚……

那节奏越来越快，逐渐变成了咚咚咚咚的砸门声。黑暗中，是一个女人充满怨恨的叹息，那是母亲周然，她和自己一齐被这突如其来的砸门声吵醒。

门开了，一个身影踉跄闯入，扑到了周然身上，腿脚瘫软，几乎把全身所有力气都寄托在她的身上，酒气直冲进来，似乎还混杂着一丝女人的香水味，连里屋的一一都闻得见。

一个声音醉醺醺地吼道，老子敲这么久才开门！

周然一把推开伊布，恼羞成怒地回应道，小声点，孩子睡了，你还回来干吗？！

伊布口齿不清地嚷道，我儿子，我儿子过……过生日……

说着，伊布往里屋走去，周然来不及阻拦。

灯亮了，是伊布强行打开的。一一一下从被窝里爬起来，灯光晃眼，他皱着眉头望着伊布，一脸厌恶。伊布一把将一一揽进怀里，笑着将一个透明塑料膜包装的礼物塞给了一一，醉醺醺道，礼物，拿着……好儿子！三岁了……爸爸祝你……祝你……生日……

话没说完，周然就将伊布拽了起来，想必她一定用尽了气力，才能撼动他……

一一随手拆开礼物，不过是一个浅紫色的像书一样的东西，三岁的一一并不懂这是什么。那封皮偏硬，打开之后就响起了音乐，那是他从来没有听到过的声音，那一刻，周然和伊布双双回望着一一，任凭动听的乐声回荡在屋内，其实不过短暂的几秒钟罢了。

周然来到一一面前抓起还响着音乐的相册，对伊布说道，你鬼混完才回来，没有蛋糕也没有礼物，你就拿着这么一个土了吧唧的破玩意儿糊弄事儿，这什么东西？这不就是地铁边上的地摊货吗？！你也好意思你……你走吧，这个家不需要你！

说着，周然使劲将伊布往外推。伊布大吼了一声，反身将周然一把推倒在地，醉醺醺地嚷道，你他妈还来劲了！这是老……子的房子，要走你走！我他妈……爱几点回就几点，爱……跟谁鬼混……你……管不着……

一一坐在里屋的床上，完全看不到客厅里到底发生了什么，只听见杯子之类的东西陆续被摔碎，接着是桌子、椅子翻倒，动静很大。一一不自持地颤抖着，再然后，听见了母亲的哭声……

周然擦干眼泪，将一一从被窝里拽了起来，动作十分麻利甚至粗暴地给他穿好了衣服裤子还有鞋子，抱着他离开了家。

一一趴在母亲的肩膀上抽泣，望着被扔在地上的那个浅紫色封面的相册，直至泪水模糊了眼睛。

三岁时的记忆，竟然像放电影一般呈现了出来，一一不由得倒吸一口凉气，不自觉地湿了眼眶。

可他还是使劲睁大眼睛，打开了相册。这个音乐他听过，是帕赫贝尔的《D大调卡农》。相册里全是一一的照片。令他震惊的是，自己从来没见过这些老照片，也不知伊布从哪里找到的，好像突然看到了自己的另一面。

一一发现，这些照片都是按照他从小到大的时间顺序排列的，每张照片下还标注着时间和地点，几乎是每一年、每一个月、每一个星期，一一的成长瞬间竟然都被神不知鬼不觉地记录了下来，有的是在公园，有的在学校，有的在医院，有的在商场，有的在旅游，还有的在一一家楼下的院子里……

相册的最后几页，是他和伊布的各式各样的自拍，两人表情生动极了，即便照片里的一一板着脸，伊布的嘴角都有笑容绽开。

最下面附了一张字条，是伊布亲手写给一一的话：

好儿子：

对不起，做过很多后悔事，最后悔的就是没有做好一个父亲。请原谅我不辞而别。往后，虽然我不在了，但你要相信，我还会默默地陪伴你、注视你，像以前一样。

一一抹了抹眼角的泪，合上了相册，然而，《D大调卡农》并没有停止。一一侧过脸来，看了眼手臂上的哆啦A梦。